丸の内で就職したら、幽霊物件担当でした。10

竹村優希

角川文庫
22786

Contents

丸の内で就職したら、幽霊物件担当でした。

吉《よし》原《はら》不動産

東京・丸の内に本社がある、財閥系不動産会社。
オフィスビル、商業施設の建設・運用から
一般向け賃貸まで、扱うジャンルは多岐にわたる。

新《しん》垣《がき》 澪《みお》

幽霊が視え、引き寄せやすい体質。
鈍感力が高く、根性もある。
第六リサーチで次郎の下で働く。

長《なが》崎《さき》次《じ》郎《ろう》

吉原グループの御曹司。
現在は第六リサーチの副社長。
頭脳明晰で辛辣だが、
優しいところも。

株式会社第六リサーチ

丸の内のはずれにある吉原不動産の子会社。
第六物件管理部が請け負っていた、
「訳アリ物件」の調査を主たる業務としている。

マメ
幽霊犬。飼い主を慕い成仏出来ずにいたが、澪に救われ、懐く。
溝《みぞ》口《ぐち》 晃《こう》
超優秀なSE。本社と第六リサーチの仕事を兼務している。霊感ゼロの心霊マニア。
高《たか》木《ぎ》正《まさ》文《ふみ》
本社の第一物件管理部主任。次郎の幼なじみ。容姿端麗、紳士的なエリートで霊感が強いが、幽霊は苦手。
伊《い》原《はら》 充《みつる》
第六リサーチに案件を持ち込んでくる軽いノリの謎多きエージェント。
リアム・ウェズリー
英国の世界的ホテルチェーンの御曹司。完璧な美貌のスーパーセレブだが少々変わり者。第六リサーチにときどき出入りしている。

イラスト/カズアキ

丸《まる》の内《うち》は、とても無機質な街だと思っていた。

似たようなビルがずらりと並び、似たようなスーツを着た人々がそこから次々と出入りし、その誰もが少し早足で歩いている。

そんな、いるだけで息苦しくなってしまいそうな街のはずれにあるのは、際立って古い雑居ビル、キラナビルジング。新垣澪《しんがきみお》が勤める心霊調査会社、「第六リサーチ」がオフィスを構えるビルだ。

ここへ通うようになった頃からか、自然と丸の内の印象が変わった。

人の波に呑《の》まれながらの通勤すら、そう悪い心地ではない。

これを愛着と呼ぶのだろうかと、澪はときどき考える。そして、そのたびに、――多分この街のことが好きなのだと、改めて確認する。


そんな第六リサーチでは、珍しく、依頼のない穏やかな日々が続いていた。

キラナビルのオーナーである東海林《しょうじ》の娘、佳代《かよ》の魂を悪霊から救い出したのは、一ヶ月前のこと。

死を覚悟する程の大事件をなんとか乗り越え、ずっと姿を現さなかったマメが帰ってきてくれたものの、当時は澪だけでなく、次郎《じろう》までもが満身創痍《まんしんそうい》だった。

心身ともに激しく消耗したせいか、しばらくは昼夜を問わず酷《ひど》い眠気に襲われ、何度電車を乗り過ごしたか、もはや数えきれない。

だから、依頼が入らない日々は澪にとっては幸いであり、図らずも良い休息期間となった。

しかし、――そんな日々にも、当然ながら終わりはやってくる。

それは、秋も深まった十月の末。

「――私には、なにもありません」

赤い靴底で有名な、高級なパンプスを履いてやってきた女性の第一声は、エントランスの空気を一瞬で凍りつかせた。

「……なんでも持ってるヒトが履く靴じゃん」

的を射ているはずの晃《こう》の突っ込みも、勢いに圧《お》されていつになく弱々しい。

唐突にはじまった謎の展開に狼狽《うろた》えながら、澪は、またおかしなことが始まる予感を覚えていた。

名は宮川沙良《みやがわさら》。二十三歳。

大学までエスカレーター式の、超が付く程有名ないわゆるお嬢様学校に幼稚舎から通っていたものの、高校卒業後は音大に入り現在はピアニスト。

小さな顔、大きな目、陶器のような肌に華奢《きゃしゃ》でしなやかな手足、そして艶《つや》やかな長い髪を一筋の乱れもなく巻いた、まるで人形のように可愛らしいその女性が第六のオフィスへやってきた理由は、まさかの、採用面接を受けるため。

連れてきたのは、伊原《いはら》だ。

伊原いわく、沙良の父親は政財界に多大な影響力を及ぼす超大物とのことで、ようするに、沙良はセレブの御令嬢。ただ、父親の素性は明かしたくないらしく、宮川という苗字《みょうじ》は偽名らしい。

そんな沙良を、伊原はアポイントも取らずにいつも通りのノリで第六に連れてきて、なかば開き直りとも取れる堂々たる様子で、彼女の採用面接をしてほしいと宣《のたま》った。

対応した澪はただただ混乱し、なにごとかと顔を出した晃は無茶すぎると一蹴《いっしゅう》し、とにかく一旦《いったん》出直して次郎にアポをと提案した結果、沙良の口から飛び出したのが先のセリフだ。

無茶苦茶なことに変わりはないが、その言葉から並々ならぬ覚悟を感じた澪は、ひとまず応接室に通した。

古いソファにちょこんと座る沙良の違和感はリアムを彷彿《ほうふつ》とさせ、澪は軽い目眩《めまい》を覚える。

「あ、あの……、ちょっと理解ができないんですが……、どういうことでしょうか……」

定例会議のため吉原《よしはら》不動産へ出向いている次郎にメールを送り、ようやく落ち着きを取り戻した澪がそう尋ねると、伊原は明らかに不自然な汗を滲《にじ》ませて咳払《せきばら》いをした。

「どういうことって、なにが……？」

「なにがって……、全部ですよ……」

「だから面接だよ、面接。ここで働きたいの。つまり就活」

「いや……、ですから……。ってか、事前に連絡くらい……」

「連絡したら断られちゃうじゃん」

会話は嚙《か》み合わない。しかし、目を泳がせっぱなしの伊原の様子からして、これが常識を逸脱した行為であるという自覚はあるらしい。

澪は二人の前にコーヒーを並べ、密《ひそ》かに溜《た》め息をついた――そのとき。

「てか、なんで自分で喋《しゃべ》んないの？」

ふいにそう口にしたのは、晃。

いつになく冷たい口調に、澪は驚く。

「働きたい会社を訪問したなら、普通は自己紹介くらいするもんじゃん？　ま、僕は面接を受けたことなんてないけど、多分そうでしょ？　さっき、自分にはなにもないって言ってたけど、常識もないってこと？　そんなんじゃ――」

「ちょっ……、晃くん……！」

「や、やめて！　苦情ならすべて俺に……！」

澪と伊原が慌てて止めると、晃はさも不満げに眉根《まゆね》を寄せた。

澪は、ハラハラしながらチラリと沙良の様子を窺《うかが》う。晃の言い分はもっともだが、セレブの御令嬢なら他人からこんな言い方をされたことなんてないかもしれないし、驚いて泣くか、もしくは怒りだすかもしれないと思ったからだ。――しかし。

「……確かにおっしゃる通りです。ごめんなさい。あまりに気持ちが高揚してしまって、なんと言えばいいかわからず」

「こ、高揚……？」

沙良の反応は、想像とは違っていた。

凛《りん》とした表情で、澪たちに深々と頭を下げる。

「先程も申し上げましたが、私にはなにもありません。伊原さんはピアニストだと紹介してくださいましたが、演奏の仕事は、父が参加するパーティー会場で月に何度か弾くだけです。生業《なりわい》であるとは到底言えません。もちろん、靴や服もすべて父から与えられたものですし、私という人間は、すべて父の存在で成り立っています。いわば、人形です」

「そ、そこまでおっしゃらなくても……」

急に喋りだした沙良の様子は、驚く程毅《き》然《ぜん》としていた。自分の評価がかなり低いようだが、はっきりとした物言いのせいか、卑屈な響きは感じ取れない。

澪は沙良が放つ気迫にすっかり圧倒されていた。

すると、沙良はそんな澪に真剣な目を向け、衝撃のひと言を口にする。

「ですが……、私には、――霊感があるのです」

応接室が、しんと静まり返った。

ただ、その瞬間、澪はこの謎だらけの展開をようやく理解しはじめていた。沙良がわざわざ第六で働きたがる理由は、自分の霊感が仕事になると考えたからだと。

「霊感って言うけどさー、それ、勘違いじゃないの……？　僕の周りにもいっぱいいるけど、自分で霊感があるなんて言ってる奴に限って大概勘違いだよ？」

晃がさも面倒そうに応《こた》える。

言い方はともかく、それは事実だった。それに、ひと言で霊感と言っても、その強弱も特徴も人によってまったく違う。

澪の経験上、霊感を自覚している人のほとんどが、かすかに気配を感じられる程度であり、存在をはっきりと認識できるレベルとなるとそう多くはいない。――しかし。

「いいえ、違います、……確かに、あります。父にも母にもない霊感が、私にだけ……！」

これまでにない感情的な言葉が、空気をふたたび凍りつかせた。

晃は絶句し、伊原は頭を抱える。

ただ、そんな中、澪は密かに気付いていた。沙良の目に宿った強い意志の奥で揺れる、孤独と虚無感に。

もしかすると、――なにもないと、人形であると淡々と自分を卑下した沙良にとって、唯一の矜持《きょうじ》が自身の霊感なのではないかと澪は思う。

「あ、あの……、とりあえず、じろ……、責任者が戻るまで待ってもらってもいいですか……？　戻ったところで面接を受けられるかどうかはわかりませんが、どの道、私たちにはなんの権限もないので……」

「は？　部長さんに会わせる気？　澪ちゃん正気なの？」

晃が呆《あき》れて肩をすくめる。

「正気もなにも……、勝手に断ることだってできないでしょ……？」

「いや、さすがに大丈夫でしょ、この場合は」

「まあまあそう言わず！　澪ちゃんがそう言ってくれてるんだから大人しく待つよ！　ね、お嬢様！」

「お嬢様って」

緊張が解けたのか、急に背もたれにどっかりと背中を預けた伊原とは逆に、沙良はふたたび深々と頭を下げた。

「取り乱してしまい、すみませんでした。……ありがとうございます」

澪は温《ぬる》くなってしまったコーヒーを淹《い》れ直そうと、応接室を後にする。

正直、少しだけ感情移入してしまっていることを自覚していた。自分にはなにもないと語った沙良の目が、あまりに切実で。

かといって、なにも知らない沙良のことを次郎に口利きする気はもちろんない。むしろ、戻ってきた次郎がどんな顔をするか、想像しただけで頭痛がした。

第一章

伊原が来客を連れてきたと次郎に連絡してから、約一時間後。

まだ会議が続く社長の牧田《まきた》を残し、次郎は先に第六のオフィスへ戻ってきた。

そして、応接室に入るやいなや、ただならぬ空気を察したのだろう、早速眉《まゆ》を顰《ひそ》める。

そして。

「あの……、この方が、面接を受けたいそうで……」

澪がおそるおそるそう言った瞬間、うんざりした様子で頭を抱えた。

「いや次郎くん待って。なにも言わないで一回話だけ聞いて。この子、ちゃんと霊感があるんだよ。第六のエースになり得る素質があるの」

今にも帰れと言いかねない次郎の先手を取り、伊原が必死に沙良の霊感をアピールする。

すると、次郎は沙良を見て深い溜め息をついた。

「……失礼ながら、あまり仕事に困っているようには見えないが、どういうおつもりでしょうか」

顔はさも面倒そうだが、さすがの次郎も初対面の来客を相手に辛辣《しんらつ》な言葉はかけられないらしい。

一方、沙良はそんな次郎の態度にも一切狼狽《うろた》えることなく、姿勢を正して口を開いた。

「初めまして。宮川沙良と申します。……失礼ながら父の素性は明かせませんので、苗《みょう》字《じ》だけは偽名を名乗ることをお許しください。伊原さんを通じて第六リサーチさんの存在を知り、どうしても働いてみたいと思い、ご紹介いただけないかとお願いしました」

「……ということは、あなたのお父様は、過去に伊原経由で弊社に依頼をしたことがある方ですね」

「申し訳ありません、父は無関係ですので、できればあまり触れないでいただければと……」

「お言葉ですが、一般的な会社は、素性の知れない人間を採用なんてできないんですよ。今の世の中、反社会的勢力の関わりには敏感ですし、事前に調査を行う場合もありますから」

第六を一般的な会社に含めてよいのかどうかは置いておいて、次郎は早速もっとも重要な問題をストレートに指摘した。

澪はハラハラしながら二人の様子を見守る。一見すると冷静なやり取りだが、普段、次郎と伊原との間で繰り広げられる遠慮のない応酬よりも、よほど迫力があった。

「……承知ですが、……そこは、あえて触れないでいただけないかと。伊原さんと父に信頼関係があることは確かですし」

「残念ながら、私は伊原をたいして信用していません」

「ちょっと次郎くん……、それはないでしょ……」

「お前程胡散臭《うさんくさ》い人間もそういないだろ」

伊原が割って入ったお陰で、張り詰めた空気がわずかに緩む。

しかし、沙良はなにも言わず、しばらく気まずい沈黙が流れた。――そのとき。

「そういえば、ついこの間調査をした山梨《やまなし》の別荘を使っていた女性も、あなたと同じ名前でした。……依頼主はその方の父親でしたが、そのときも徹底して素性は明かされなかった」

次郎がそう言った瞬間、澪の頭に、山梨の別荘で調査をした記憶が一気に蘇《よみがえ》った。

あの日、視線を感じるから調べてほしいという依頼を受け、リビングで待機していた澪は、窓を開けた瞬間に庭から侵入してきた男に襲われ、体を押さえつけられた。

あのときの男が口にしていた名前は、「沙良」。その後、男は依頼主の娘のストーカーであることが判明した。

「そういやピアニストだってたね、あの別荘を使ってたお嬢さんも」

晃がそう言い、沙良は瞳《ひとみ》を大きく揺らす。やがて、もう隠しきれないと察したのか、深く俯《うつむ》いた。

「……ええ。山梨の別荘の調査を依頼したのは、私の父です。すべては私に付き纏《まと》っていた男の仕業だったと報告を受けました。あのときは、本当に申し訳ありませんでした。父からは詳しく聞かされていませんが、犯人はあの場で逮捕されたとか。ご迷惑をおかけして……」

「いや、詳しく聞いといてよ。澪ちゃんが襲われかけて大変だったんだから」

「え……？」

「君の代わりに」

「晃くん……、あれは別に宮川さんが悪いわけじゃ……！」

ある意味予想通りだが、沙良は逮捕されたことしか知らされていなかったらしい。これまでにない動揺を見せ、勢いよくソファから立ち上がると、澪に深々と頭を下げた。

「そんなことがあったなんて……。どうお詫《わ》びを申し上げれば……」

「い、いえ！　大丈夫ですから！　すぐに助けてもらいましたし、むしろ宮川さんがお一人だったら危なかったなって」

「いやお人好しすぎでしょ」

「晃くん、いいから……！　宮川さんもお座りください……！」

応接室の空気は混沌《こんとん》を極めていた。伊原はもはや収拾がつかないと察したのか、額に手を当て天井を仰ぐ。

しかし、沙良が山梨の別荘を使っていた女性と同一人物であると判明したことで、澪にはさらに疑問が生まれていた。

「あの……、宮川さんは、あの調査をキッカケにうちに興味を持たれたってことですよね……？」

「はい、その通りです」

「でも、別荘での奇妙な視線は、すべて逮捕された男の仕業だという調査報告をお出ししていますし、結果、霊とは無関係だったわけで。私が言うのもなんですけど、あれではうちの心霊調査の信憑性《しんぴょうせい》は伝わらないはずですし……、それなのに、どうして入社を希望されるんですか……？」

実際は霊と無関係ではなかったが、あの日は心霊現象に懐疑的な依頼主のことを考慮し、穏便に済ませるためにすべてストーカーの仕業とした。

ただでさえ心霊調査をする会社なんて怪しまれて当然なのに、霊と無関係な結論を出した第六に魅力を感じた理由がシンプルに謎だった。

すると、沙良は吸い込まれそうな程大きな目で澪を見つめる。

「いえ、皆さんにお願いをした後、実際に霊が消えていました。それに、あの別荘にはたびたび霊が迷い込んでいましたが、それもなくなりました。……外を確認してみましたが、どうやら別荘を避けて通っているようです。それを見て、第六リサーチさんは本物なのだと思いました。……霊なんてまったく信じない父の手前、霊の仕業でないとご説明くださったようですが……、私には、はっきりとわかっていました」

あっさりとそう言い放った瞬間、澪は、沙良の霊感は想像よりもずっと強いと確信した。

正直、ついさっきまでは少し疑っていたけれど、ここまではっきりと調査後の状況を把握しているのならば、視《み》え方は澪と比べてもそう変わらない。

　そのとき、しばらく黙っていた次郎がふいに口を開いた。

「……宮川さんのおっしゃる通り、確かに別荘には霊がいました。というより、別荘が霊の通り道を塞《ふさ》ぐように建っていたので、溜《た》まりやすい場所になっていたんです。なので、別の道へ誘導しました」

「やっぱり……、そういうことだったんですね……」

「ええ。第六リサーチの仕事は、依頼を受けて物件の心霊現象を調査し、原因を取り除いて安全な場所に戻すことです。ですから、基本的に、弊社で働くには強い霊感が必要です。おそらく、宮川さんの霊感もそう弱くはない。――ただ」

　一度言葉を止めた次郎に、全員の視線が集まる。――そして。

「面接はお断りします。人手は足りてますので」

　次郎はキッパリとそう言い放った。

　沙良の表情にたちまち影が落ちる。よほどショックだったのか、深い失意を滲《にじ》ませた目で次郎を見つめたまま、ぴくりとも動かない。

　落ち着いていても、年齢はまだ二十三。やり方はともかく、少なからず希望をもってここを訪れたのだろうと思うと、なんだか気の毒だった。

「ちょっ……、次郎くん待って、考え直してよ！　せっかく霊感が強い貴重な人材なのに、俺は勿体《もったい》ないと思う……！」

　沈黙を破ったのは、伊原。澪と同じく、居たたまれない気持ちになったのか、いまだ呆然《ぼうぜん》とする沙良の様子を窺《うかが》いながら、次郎の前で両手を合わせる。

　しかし、次郎は表情ひとつ変えない。

「わかったような口を利くな。たとえ高い資質を持っていようが、第六にこれ以上人を増やす気はない」

「そこをなんとか……！　俺がいつもすごく世話になってる人のお嬢さんだし、そんなアッサリ断られちゃ困るんだよ……！」

「どうせ父親には言わずに来たんだろ。採用したらしたで、お前は責任を問われるんじゃないのか」

「そ、それは……！　って、あれ……？　確かに俺、どっちに転んでも印象悪いな……」

　今さら気付いて狼狽《うろた》える伊原を、澪が可笑《おか》しそうに笑う。

　しかし、澪はいつまでも固まったままの沙良が気がかりで、そんな余裕はなかった。

　見れば、膝《ひざ》の上で握られた手が、かすかに震えている。

　澪自身、これといった特技がないまま生きてきたけれど、それを沙良のように深刻に悩んだことはなかった。

　むしろ、次郎によって特殊な資質を買われ、第六に誘われたときは率直に嫌だと思ったし、入社当時は部署異動のことばかり考えていた。

　タイミングが違えば、ここにいたのは沙良だったかもしれない。そう思うと、申し訳なさすら覚える。

「そんなに働きたかったんですか……？」

澪は思わず沙良に声をかけた。

すると、沙良は潤んだ瞳を澪に向け、こくりと頷《うなず》く。

「私には、特別なものがこれしかないので……」

「特別なもの、ですか……」

育ちがよく、見た目も可愛らしく、一見するとかなり恵まれているように感じられるが、そう口にした沙良の表情はとても真剣だった。

考えてみれば、これまで澪が出会ってきたいわゆるセレブと称される人たちもまた、手放しで恵まれているとは言い難い重い過去や事情を抱えていた。次郎をはじめ、高木《たかぎ》にも、ひたすら明るいリアムにすらも、それぞれ苦悩の時代がある。

だからこそ、生まれた環境がすべてではないことを、澪は理解しているつもりだった。

だとすれば、霊感にこだわる沙良にも、そこに至るまでの複雑な背景があるのかもしれないと、澪は思う。

すると、そのとき。

「私は散々持て囃《はや》されて生きてきましたから……、自分の価値を見誤っていたんです」

突如、沙良が、弱々しい声でそう呟《つぶや》いた。

「自分の価値……？」

「はい。詳しくは申し上げられませんが、父はとても立派な人間ですし、尊敬しています。私はその娘として、なに不自由なく育ててもらいました。深い愛情をかけられ、なにをしても褒められました。ピアノもそうです。子供の頃から褒められてばかりでしたので、自分には特別な才能があるのだと、なんの疑いもなく思っていたのです。……ですから、音大に入ってから、嫌と言う程思い知りました。自分はなにひとつ特別ではないのだと」

沙良の母校は、大学までエスカレーター式だ。

なのに、系列の大学には行かず、わざわざ音大を目指すくらいだから、よほどの情熱を持って決断したのだろう。しかし、沙良はついさっき、ピアノ演奏は生業《なりわい》とは言えないとキッパリと言っていた。

「でも、音大って、入れるだけでもすごいというか……。なにも知らない私からすると、十分才能があるんじゃないかって思うんですけど……」

「いえ。……むしろ、高い教育を受けていたからこそ、同じ目標を持つ大勢の同世代の中での自分の位置を、正確に判断することができました。教授からは、演奏は正確だけれど凡庸でつまらないとハッキリ言われましたし、自分自身、それがすべてだと思っています」

音楽の世界が厳しいことは、澪にもなんとなくわかる。けれど、周囲にひたすら褒められて育った沙良が現実を受け入れるのは、そう簡単ではなかっただろう。

沙良の口調は不自然なまでに淡々としていたけれど、澪には、そこに当時の苦悩が滲んでいるように聞こえた。

「私は大学の中で明らかに劣等生でした。一度、父にピアニストにはなれそうにないと相談しましたが、お前はこれからも好きなだけピアノを弾いて暮らせばいいと言われました。……収入なんてなくてもよいという意味です。そのとき、ふと思ったのです。私はきっとこれからも誰にも影響を与えることなく、いずれは父の薦める相手と結婚し、ぼんやり生きているうちに一生が終わってしまうのだろうと」

「……すごい贅沢《ぜいたく》な悩みじゃん」

「晃くん……！」

表情にわかりやすく不快感を滲ませる晃を、澪は慌てて制した。

しかし、沙良は狼狽えることなく、さらに続ける。

「贅沢なのは承知です。……そんな折、たまたま、音大でできた唯一の友人に、不穏な影が付き纏《まと》っていることに気付きました。私は昔から不思議なものが視える体質でしたし、さまざまな本を調べる中で、これが霊感と呼ばれるものだと理解していましたから、友人には悪い霊が憑《つ》いてしまったのだと考えました。ただ、それまでは、似たようなことがあってもいつの間にか消えてしまうことがほとんどだったので、さほど気に留めていませんでしたが……、霊の影は日ごとに濃さを増し、やがて、友人は原因不明の体調不良で入院してしまったのです。病状は瞬く間に悪化し、昏睡《こんすい》状態が続きました。……

すべて霊の影響なのだと気付いていたのは、私だけです」

「かなりよくない霊が憑いてたんですね……」

「おそらく、そうだと思います。病院では治らないと思った私は、いよいよ友人の危険を察したときに、意を決して友人のご両親に打ち明けました。誠意を持って伝えればきっと信じてもらえるはずだと信じ、病院の治療ではなく、お祓《はら》いをした方がいいと勧めたのです。……でも、駄目でした。こんなときにふざけたことを言うなと、私は面会まで拒否されてしまい……」

沙良はそう言った後、大きく瞳《ひとみ》を揺らす。その表情を見ていれば、結末は聞くまでもなかった。

澪は、さらに話を続けようとする沙良の背中にそっと触れる。

「もう大丈夫ですよ……すごく辛《つら》い経験をされたんですね……」

「……」

人形のように整った顔が、初めて苦しそうに歪《ゆが》んだ。

育った環境が違っても、沙良が抱えた苦しみならば、澪にも想像できる。大切な人間を救う方法を知っているのに信じてもらえないなんて、考えただけで胸が締め付けられる。

しかし、沙良はあくまで気丈に背筋を伸ばす。

「私は、人にはない能力を持っていながら、友人すら救えませんでした。正真正銘、私にはなにもない、無意味な人間です」

「宮川さん……」

「だけど……、このままでいたくはないのです。……友人はもう戻ってきませんが、もしまた同じことがあったときには、私が守ってあげられるくらいの知識と経験がほしいと思いました。なにもできず、ただ無意味に傍にいるだけなんてもう嫌なのです。……それで、一度でいいから、私がいてよかったと誰かに思ってもらえたら……、少し、自分を許せるような気がして」

澪には、かけるべき言葉が見つからなかった。

友人のことは、沙良が責任を感じる必要はないと言ってあげたいけれど、ずいぶん思い詰めている沙良に、出会ったばかりの澪の言葉が響くとは思えない。

誰もなにも言わないまま、しばらく重い沈黙が流れた。

すると、突如、伊原が耐えられないとばかりに大粒の涙を零《こぼ》す。

「伊原さん……？　な、なんで……」

「いや……、ま、真面目で、すごくいい子だなぁと思って……、つい俺の妹と重ねちゃって……」

澪は動揺しながらも、そういえば伊原は意外と泣き上戸だったと、過去の記憶を思い返していた。

一方、晃は引き気味に笑う。

「伊原さんが涙脆《もろ》いとか、そんなないらないオプション他にある？」

「君、最近俺への当たりが強くない……？」

「いきなり目の前でおじさんに泣きだされるこっちの身にもなってよ」

伊原のお陰と言うべきか、応接室の重苦しい空気は少しだけ緩んでいた。

ただ、次郎だけは表情を変えず、おもむろに立ち上がる。

「次郎さん……？」

「……話は終わりだろ」

わかってはいたものの、次郎の意志は固いらしい。澪は、あっさりと応接室を出て行く次郎を慌てて追いかけた。

「ま、待ってください……！」

次郎は振り返りもせず執務エリアへ入ると、自分のデスクに座り早速パソコンを開く。

「なんだ。……まさか、採用しろとでも言う気か」

「いえ……、えっと……」

正直、追いかけてはみたものの、澪自身、なにを言うつもりなのかよくわからなかった。

採用が難しい理由ならいくらでもあるし、もちろん理解できる。そもそも、アポなしで面接してほしいだなんて、そんな強引なやり方がまかり通る会社なんて聞いたことがない。

そう考えると、次郎の対応はむしろ親切だったとすら思える。

けれど、澪の心の中には説明できない複雑な感情が渦巻いていて、どうしても抑えることができなかった。

「おい、言いたいことがあるなら早く言え」

「……そう、なんですけど」

「もし同情してるなら、キリがないぞ。……あれくらいの過去を持つ人間なんて、ごまんといる」

「わかってます。でも、なんていうか……」

いつまでも感情を言葉にすることができない澪に、次郎は溜《た》め息をつく。

澪は途端に我に返り、慌ててぺこりと頭を下げた。

「す、すみません……、出直します」

しかし、次郎はパソコンをパタンと閉じ、澪と目を合わせる。

「……宮川沙良の素性が相当厄介なことは、わざわざ調べなくても勘でわかる。伊原の態度からして、これまでの依頼者とは比較にならない大物だろう。なにかあったら、第六なんて消しとばされるぞ」

「消し……っ」

「あのレベルの箱入りとなれば、一般社会で働く想定なく育てられているぶん、感覚も相当ズレてるはずだ。それも含めて、俺は、あくまで個人的にも、関わりたくない。扱いも面倒そうだ」

「め、面倒ってことは……」

「おおいにある。……で、お前はどこに引っかかってる」

なかば推測混じりの散々な言い草だったけれど、それよりも澪は、次郎が口にした「個人的に」という言葉に驚いていた。

傍から見ても明らかに常識外れな行いに対し、普通なら、わざわざ個人的な意見を言う必要がない。

なのに、次郎がそれをあえて強調した理由は、おそらく、説明に困っている澪に、個人的な意見を言っても構わないと示唆してくれたのだろう。

そう察すると同時に、心の中でごちゃごちゃしていた澪の思いがするりとほどけた。

「あの……、宮川さんの、一度でいいから自分がいてよかったって誰かに思ってもらいたいって言葉が……、少し、気がかりで。どんな環境で育ったかなんて想像もできないですが、そんなこと考えたこともない私は、多分、贅沢なんだなって」

「……ややこしく考えすぎだろ」

「でも、宮川さんはきっと、与えられたものの大きさをよくわかっていて、だとしたら難しく考えても無理はないかもって思うんです……。だからこそ、与えられたもの以外で人の役に立ってみたいんだなって。……それで、自分の霊感を役立てるって考えに行き着いたんだと……」

「いずれにしろ、こじらせてるだけだ」

「……そりゃこじらせますよ。やっぱ、役に立ちたいじゃないですか。自分のことを無意味な人間だなんて平然と言ってたけど、きっと苦しいはずです……」

役に立ちたいと焦る気持ちがいかに苦しいか、澪はよく知っている。少しずつ増えた仲間たちを大切に思う程、その気持ちは大きくなるばかりだ。

ただ、いくら澪が共感したところで、どうにもならないことはよくわかっていた。

「……でも、まあ無理ですよね。次郎さんが言った通り、同情してたらキリがないですし、人が足りてるのも事実ですし……」

元々第六は、吉原不動産の一部署として、次郎がたった一人で回していた。今は子会社として独立し、外部からの依頼も受けるようになったことで仕事は増えたが、今のメンバーで十分足りている。

ただ、結末は変わらなくとも、次郎に自分の思いを伝えられたことで、少しだけ、気持ちの整理がついていた。

「……じゃあ、宮川さんと伊原さんをなんとか説得してきますね」

澪は応接室に戻ろうと、次郎にぺこりと頭を下げて踵《きびす》を返す。

すると、そのとき。

「……とはいえ、諦《あきら》めが悪そうで頭が痛いな。伊原が付いているぶん、これからもいちいち交渉の条件にチラつかせてくる光景が頭に浮かぶ」

次郎はさも面倒そうな表情を浮かべ、天井を仰いだ。確かに伊原の交渉スキルは高く、いずれ条件に出してきかねない。

「確かに……。伊原さん、宮川さんにかなり肩入れしてるみたいでしたね。お嬢様って呼んでたし……」

「貸しを作る絶好の機会だからな。頼られたら全力だろ」

「さすがに今回ばっかりは無茶だって自覚があるみたいですが……。でも、やっぱり宮川さんが自分で無理だって諦めない限りは、伊原さんは引かなそう……」

「さっさと次のことを考えた方が有意義だろ」

「そうですけど、そう簡単に諦められるなら最初からこんな――」

突如言葉を止めた澪に、次郎がチラリと視線を向ける。

そのときの澪の頭には、ひとつの案が浮かんでいた。

「……どうした」

「あの……、採用試験をしてみたらどうでしょうか……。私が内定をもらったときに受けた、最終審査みたいなやつを」

次郎の瞳《ひとみ》がかすかに揺れる。

すぐに否定しないところを見ると、意外と名案だったらしい。

背もたれにぐったりと背中を預けていた次郎が、ふいに姿勢を起こし、意味深な笑みを浮かべた。

「……確かに、試験をした上で不採用なら、本人はもちろん、伊原も諦めざるを得ないな」

「ただ、試験の結果次第では、採用してあげないといけなくなりますが……」

「それはそうだが、宮川沙良にそこまでの資質があるとは思えない。会場選びはかなり面倒だが、伊原を黙らせるには一番手っ取り早いかもしれない」

すっかり乗り気な次郎の様子に、澪は、心のどこかで少しほっとしていた。

次郎は不採用のための理由作りとしか考えていないようだが、試験をする以上は採用の可能性だってまったくのゼロではない。

会ったばかりの沙良の採用を望む理由なんてないはずなのに、酷《ひど》く思い詰めた表情を見てしまったせいか、澪はすっかり感情移入してしまっていた。

「……お前、まさか入社させたいのか」

考えが表情に出ていたのか、次郎が眉《まゆ》を顰《ひそ》める。澪は曖昧《あいまい》に笑いながら、首を横に振った。

「入社させたいとまでは言いませんが……、追い返すのは心が痛みますし、試験を受けさせてあげられるならよかったなって。……それに、試験ってちょっと懐かしいですし」

「……そういえば、最終審査のときのお前は終始煩《うるさ》かったな」

「当たり前です……！　あの頃は、霊の存在を認識したばかりだったんですから」

「とはいえ、急に覚醒《かくせい》したかのように肝が据わった。そういう意味でも、お前はこの仕事に向いてる」

貶《けな》されたかと思いきや急に褒められ、感情が付いていけずに思わず目が泳ぐ。

「だ、だったら……、宮川さんだって試験でいきなり覚醒するかもしれませんし、一応採用の準備しておいた方がいいですよ……！　じゃ、説明してきますね！」

つい語調が強くなったのは、照れ隠しだった。

次郎はさもいい加減に頷《うなず》きながら、手のひらを払うように振って澪を応接室の方へと促す。

澪は応接室に向かいながら、深呼吸を繰り返して動揺を落ち着かせた。

そして、誰かに認められるのはとても幸せなことだと、――沙良にもこの気持ちを実感させてあげたいと、密《ひそ》かに思っていた。

*

沙良の試験会場は、早くも一週間後に決定した。

次郎が選んだのは、東京都町田《まちだ》市にある元老人介護施設、「まちだふれあいホーム」。

一年前に倒産して売りに出され、今は吉原不動産が管理する空き物件となっている。

会場を選ぶために使ったのは、晃が運営する「心霊現象情報サイト」。

次郎は本来、心霊現象をエンタメのように考える輩《やから》をもっとも嫌っているが、晃のサイトはとにかく情報量が膨大で、いつも以上に安全を確保する必要がある試験会場選びには適しているらしい。

確かに、晃のサイトには、実際に訪れた人たちの体験談が溢《あふ》れんばかりに掲載されていて、リアルな実情を知ることができる。

ちなみに、まちだふれあいホームで目撃されているのは、夜中に女性の霊が屋上から飛び降りる光景。

その目撃談は他に類を見ない程に多く、専用のスレッドにはたくさんの心霊写真が貼られていた。

投稿された情報によれば、まちだふれあいホームが倒産する数ヶ月前、そこで働いていた若い介護士の女性が自殺を図ったとのこと。空き物件になってからまだ一年だというのに、マニアの間では目撃率の高い心霊スポットとしてすでに有名らしい。

ただ、ずいぶん多くの人間が訪れている割に、危険な目に遭ったという報告はまったくなかった。

結果、それが決め手となって、次郎による現地での最終チェックを終えた上で、正式に決定した。

その後、高木《たかぎ》に電話で調査をしたい旨を相談すると、第六から吉原不動産に対する逆オファーは初めてのことで、高木はしばらく絶句していた。

「……待って。ちょっと意味がわかんないんだけど、どういうこと……？」

「急におかしなことを言ってすみません……。実は、採用試験に使うんです。伊原さんを通じて、第六に入社したいという申し出がありまして……」

「え……、ってか、次郎が試験をするって言ってるの？」

高木がもっとも驚くポイントは、ある意味予想通りだった。

次郎を知る人間なら、誰もがそこに疑問を持つだろう。

「は、はい……。といっても、主に断る口実作りっていう感じですけど……」

「だとしても、自分から誰かを勧誘したならともかく、相手は唐突に現れた初対面の人間でしょ？　普段なら即追い出しそうなものだけど——」

「それが、話せば長くなるんですが、簡単には断り辛《づら》い事情がありまして……」

澪が言い淀《よど》むと、電話口からかすかに溜《た》め息が聞こえた。

察しのいい高木のことだから、伊原が関わっていると聞いた時点で想像がついたのだろう。

「いかにもややこしそうだけど、今度ゆっくり聞かせて。……とりあえず、うちから依頼したテイにした方がいいよね？　上層部が不審に思うと面倒だし」

「もしそうしていただけるなら、すごく助かります……！　報酬は、それこそ上層部の方々が不自然に思わない程度の金額を、言い値でいいと……」

「まあ、訳アリ物件が回せるようになるなら、うちにとってもいい話だし、それなりの金額で交渉してみるよ。後でメールで該当の物件の詳細をもらってもいい？」

「もちろんです！　ありがとうございます……！」

高木はいつも協力的で、とにかく話が早い。お陰で、採用試験を行うための準備はほぼ整った。

ただ、ついに始まってしまうと思うと、今度は別の緊張が込み上げてくる。澪はパソコンを閉じ、辺りを見渡した。

「……マメ、いる？」

名を呼ぶと、間もなく現れる愛《いと》しい気配。

ふわりと姿を現したマメは、澪の膝《ひざ》にぴょんと跳び上がり、澪の頬に鼻先を寄せた。

「また消えかけてない……、よね……？」

無事に戻ってきてくれたものの、不安を感じていた期間が長すぎたせいか、澪はいまだにマメの姿が薄くなっていないか確認する癖が抜けない。

しかし、マメは澪の膝の上で尻尾《しっぽ》をぶんぶんと振り、大丈夫だとでも言うように、潤んだ目で澪を見上げた。

澪はマメを抱き上げ、そのお腹に顔を埋《うず》める。

「マメがいてくれるなら、もうなんでもいいや……。なにもかも乗り越えられる気がする……」

その呟《つぶや》きは、決して大袈裟《おおげさ》ではなかった。

ふたたびマメと一緒に過ごせるようになり、マメの存在がどれだけ大きく心強いかを、澪は最近ひしひしと感じている。

　次郎はよく澪には資質があると言うし、いまだに過大評価だと思っているけれど、マメとセットでの評価なら素直に受け入れられる自分がいる。

「宮川さんにもマメみたいな子がいたら、あんなに思い詰めなくて済んだかもしれないのにね」

　ふと頭に浮かぶのは、沙良のこと。

　いきなり面接をしてほしいと現れたときは、あまりに混乱して考える余裕がなかったけれど、淡々と霊のことを語った沙良の様子を思い出すと、なんだか不安になる。

　心霊現象の体験談を語るとき、多くの人は、現れた霊がいかに恐ろしかったかを真っ先に口にするものだ。

　しかし、沙良が別荘の霊のことを語ったときの口調は驚く程に淡白だったし、友人に霊が憑《つ》いたという話にしても、病状が悪化していくことへの恐怖は口にしていたが、肝心な霊に対してのことはほぼ語らなかった。

「昔から視《み》えてたって言ってたし、私たちが思うよりもずっと慣れてるのかもね」

『わう』

　タイミングよく返事が戻り、澪は思わず笑う。

　ただ、もしそうだとするなら、弱冠二十三歳の女の子が、恐怖をひと言も口にしない程に慣れるなんて只事《ただごと》ではない。

それこそ資質と言えるのではないかと澪は思う。

「受かっちゃったりして」

無意識に呟くと、マメがこてんと首をかしげた。

澪自身は、それを望むわけでも、逆に望まないわけでもない。ただ、なんとなく、採用試験は次郎のシナリオ通りにはいかないような予感を覚えていた。

ついにやってきた、採用試験の当日。

金曜日の夜、現地に向かったのは、沙良、澪、晃、そして伊原。本来の試験なら、沙良一人で物件に残り、朝までに心霊現象の原因を解明することが課題だが、今回は会場がかなり広いこともあり、手助けをしないという条件の下、澪も同行することになった。

晃もまた、カメラなどの機材要員として同行を要請され、久しぶりの訳アリ物件での調査を純粋に喜んでいた。

ただ、想定外だったのは、伊原だ。

伊原は当日にいきなり現地に乗り込んできて、断固帰らないと言って聞かなかった。

唯一、沙良の父親の素性を知る伊原としては、放っておけなかったのだろう。

沙良を第六に連れて来た張本人の癖に矛盾していると、晃は散々文句を言ったが、伊原はまるで聞こえていないかのようにそれを無視した。

「――では、とりあえず一通り建物の中を見て回りたいのですが、よろしいでしょうか」

沙良は、着くやいなや、不気味な雰囲気に少しも怯《ひる》むことなくそう言った。

「も、もちろんです。あ、平面図を渡しておきますね」

澪は逆に戸惑いながら、事前に用意していた平面図を渡す。そして、ひとまず全員で、建物を一階から順に確認して回った。

元まちだふれあいホームの建物は、屋上付きの三階建て。施設と聞いて思い浮かべるような大きな建物ではなく、パッと見は個人病院のような様相だった。

一階には大部屋と、事務所と書かれた小部屋、そして浴室やキッチンがあり、設備や家具は一式残されている。

二、三階はすべて入居者の個室になっていて、どの部屋にも同じベッドとテーブルが置かれていた。

三階まではエレベーターで移動できるようになっているが、自殺現場となる屋上に行く手段は階段のみ。

ただ、三階から屋上へ続く階段にはロープが張られ、「立ち入り禁止」と書かれたプレートが下がっていた。

しかし、沙良は少しも躊躇《ためら》うことなくロープを潜り、屋上へと上っていく。

「ちょっ、お嬢様……！　屋上に行くんですか……？　自殺現場ですけど……！」

「ええ、一番重要な場所ですから。伊原さんは、そこにいていただいても」

「いやいや！　行きますよ！」

狼狽《うろた》える伊原を見て、晃が声を殺して笑う。

確かに伊原の様子はつい緊張が緩む程に滑稽《こっけい》だが、澪にとっては、あまりに平然とした沙良の様子の方がよほど異様だった。

「……怖くないんですか？」

思わず尋ねると、沙良はやや俯《うつむ》く。

「いえ、そういうわけではありませんが……、音大に入学し、初めて社会を知り、自分は世の中から隔離された場所で守られていたのだと実感したときの恐怖に比べれば、たいしたことはありません」

「………」

正直、澪にとっては理解に苦しむ答えだった。

音大に入るまでどんな生活をしていたのか想像もできないが、世間から隔離されていたと感じる程のカルチャーショックを受けたとなると、想像を超える箱入りだ。

さすがに大袈裟にも思えるけれど、感じ方については他人が意見することではないと、澪はなにも言わなかった。

沙良は階段を上りきると、高木から預かっていた鍵《かぎ》を使って扉を開け、真っ暗な屋上を躊躇いなく進む。

「……度胸は満点だよね。ちょっとぶっ壊れてる感が否めないけど」

「晃くん、失礼だから……」

横から揶揄《やゆ》する晃を制し、澪も沙良の後に続いた。

屋上はぐるりとフェンスで囲われているが、その高さは百五十センチ程。女性でも越えられそうな、頼りないものだった。

フェンス越しに下を見下ろすと、街灯に照らされて、アスファルトの駐車場が見える。情報通りなら、介護士の女性の落下現場だ。その寒々しい光景を見ていると、胸がぎゅっと締め付けられた。

一方、沙良は感情の読めない表情で、屋上をゆっくりと一周する。

「宮川さん、暗いから、気をつけてくださいね……？」

「はい。お気遣いありがとうございます。……ただ、あまりに気配がないので、落ち着かなくて……」

「普通は、逆ですけどね……」

思わず澪が突っ込むと、沙良は初めてわずかな笑みを浮かべた。

不意打ちの微笑みに驚きつつ、この子が心から笑ったらさぞかし可愛らしいだろうと澪は思う。

「どうしても焦ってしまいまして。……すみません」

「いえ、謝ることじゃないです……！　それに、時間はまだまだありますから、じっくり調べましょう……？」

「はい。……ありがとうございます。新垣さんが一緒だと心強いですし、とても安心します」

「いや……、私なんて全然……」

　そんなことを言われたことのない澪は、思わず困惑してしまった。すべてを言葉通りに受け取れる程の自信はないが、こんな自分でも頼りにされていると思うと、なんだかくすぐったい。

　しかし、余韻に浸る間もなく、伊原の嫌な笑い声が響いた。

「そりゃ、お嬢様の周りには澪ちゃんのような変な子はいなかったでしょうし、物珍しいですよね」

　ついさっきまでビクビクしていた伊原は、気配がないという沙良の言葉を聞き、すっかり安心したらしい。

　ニヤニヤと笑いながら、澪の肩をぽんと叩《たた》く。

「ちょっと……、なんですか、伊原さん……」

「でも、澪ちゃんを目指しちゃ駄目ですよ？　こう見えて、この子とんでもない暴走癖があって、ちょっと目を離すとすぐ死にそうになるから」

　酷《ひど》い言われようだが、実際に伊原に助けてもらったことのある澪には返す言葉がなかった。

「確かに否定はできませんけど。……ただ、そんな心配しなくたって、宮川さんはすごく冷静だし、もし第六に入ったら、私なんかよりずっと優秀になりますよ」

「え、なにその反応……」

卑屈な意味で言ったわけではなかったけれど、伊原のポカンとした顔を見て、澪は慌てて首を横に振る。

「あ、変な意味じゃないです。……初対面のときから落ち着いてるなぁって感心してたので」

「そ、そう……？　ならいいけど。ま、君の全然落ち着かないところは、ある意味持ち味でもあるしね！」

「……それはどうも」

強引なフォローが居たたまれず、澪は話題を変えようと、沙良が広げている平面図を覗《のぞ》き込んだ。

「とりあえず、これで建物の中は一通り回りましたね。晃くんが屋上にカメラをセットしてくれてますし、一階の大部屋を拠点にして、映像を確認しつつ様子を見ましょうか」

澪たちが屋上を確認している間に、晃はすでにカメラのセッティングを終えていた。

ちなみに、今回持ち込んだのはごく簡易的なカメラで、機材もいつもよりずいぶん少ない。

というのも、次郎がここをあっさり試験会場に決めた時点で、あまり危険がないことは確定している。

それどころか、おそらく次郎はここに出る自殺者の霊の事情も、浮かばれない理由にも、おおかた予想がついているのだろう。

沙良は物珍しそうにカメラをチェックした後、まだ少し焦りの滲《にじ》む表情で屋上を後にした。

澪が後を追うと、背後で晃の溜《た》め息が響く。

「ってか部長さんさー、僕たちにまでなにも教えてくれないなんて、冷たくない？　なにが起こるかあらかじめわかっていれば、いざというときも安全じゃん。こっちは素人二人も連れてるのに」

「それはそうだけど、……でも、私が宮川さんにポロッと言っちゃうことを心配したのかもしれないし」

「さすがにそんな間抜けな……って言いきれない説得力」

「ふふっ……」

「いや、受け入れないで。文句言うところだから」

晃は呆《あき》れているが、晃の言葉にはいつも、言葉とは裏腹な本音が見え隠れしていて怒る気になれない。

こうやってからかってくるときは大概、澪を心配してくれている。

現に、澪が笑った瞬間、晃はわかりやすくほっとしていた。

「ってか、部長さんがいなくて不安じゃないの？」

「うーん……。次郎さんがいないなんて滅多にないし、落ち着かないのは確かだけど…

…、大丈夫だと思って私たちに任せてくれたんだろうと思うと、むしろやる気が出るなぁって」

「その優等生みたいなセリフ、逆に胡散臭《うさんくさ》いわ……。別にここで部長さんの文句を言っても、チクったりしないよ？」

晃は愚痴を待ち望むかのような人の悪い笑みを浮かべ、澪の行く手を塞《ふさ》ぐ。澪はその横を擦り抜けながら、首を横に振った。

「ないよ、文句なんて」

「いや一個くらいあるでしょ」

「ないない」

「眉間《みけん》の皺《しわ》が深すぎるとか、たまにマメを独り占めするとか」

「それは、ある」

「あるのかよ」

のん気に談笑するような状況ではないとわかっていながら、澪は晃のお陰でずいぶんリラックスしていた。晃という人間は、一見飄々《ひょうひょう》としているようで、実は人の心に誰より敏感で、和ませ方をよく知っている。

二人が笑いながら屋内に入ると、階段の下から伊原が二人に手招きした。

「いや遅いって。屋上でのんびり会話できるなんて、どんな図太い神経してんの……。早く一階に戻って、例のお札を並べてよ……」

「す、すみません、戻りましょう。ただ、今日は私がお札を並べますので、結界の効果は次郎さんのより脆弱《ぜいじゃく》ですからね」

「は……？　聞いてないんだけど……」

「勝手に来たんじゃん」

晃にたしなめられ、伊原は文句こそ言わないものの、絶望的な表情を浮かべた。

ただ、澪自身も、結界まで任されるというあまりの緩さに多少の疑問はあった。結界用にとお札を渡されたときは、本当に心霊現象が起こるのだろうかと疑念すら浮かんだ程だ。

ただ、情報元は晃が管理するサイトであり、次郎が情報を操作できる場所ではない。

考え込んでいると、前を歩く沙良が立ち止まり、小さく首をかしげた。

「新垣さん、どうかされましたか……？　お二人は先に行ってしまわれましたが……」

「あ……、すみません、少しぼーっとしちゃって」

「そうですか……。お疲れでしょうに、お付き合いいただいてすみません」

「え？　い、いえ、全然！……というか、そんなに恐縮しないでください……！　もっと肩の力を抜かないと、宮川さんこそ疲れちゃいますよ」

余計な世話だと思いながらも、澪には、ときどき沙良が危なっかしく見えて仕方がなかった。

常に背筋を伸ばし、態度も口調も常に一定のテンションを保ち、落ち着いているという言葉だけでは説明できない、どこか無機質な雰囲気がある。

「ありがとうございます。……お気遣い、感謝します」

「あ、あの……、できれば、ありがとう、とかでいいんですけど……」

「すみません、大学時代の友人にも言われましたが、これは癖で……。そういえば、第六リサーチの皆さんはとても仲がよいのですね。新垣さんと溝口《みぞぐち》さんはまるでお友達のようですし、伊原さんも楽しそうで」

「楽しそうですか……？　伊原さんが……？」

「ええ。うちへいらしたときは、いつも可哀想な程に緊張されていて」

「ああ……」

　簡単に想像できてしまって、澪は思わず笑った。

第六へ来たときの伊原は、まるで自分の家であるかのようにリラックスしているが、本来は、権力者やセレブに媚《こ》びへつらうことに、誇りすら持っているような男だ。沙良の父親が何者かは知らないが、さぞかし気を張っているのだろう。

　すると、沙良の瞳《ひとみ》が揺れる。

「新垣さんは、よく笑う方ですね。……それもあってか、第六リサーチさんには、なんとなく温かみを感じます。長崎《ながさき》さんは厳しそうな印象でしたが、皆さんに信頼されていることが伝わりました。……霊感を役立てられればという目的で伺いましたが……、別の意味でも、すごく惹《ひ》かれています」

「別の意味……？」

「もし、皆さんと同じ温かい空気の中にいられたなら、どれだけ心地がいいだろうと。
……私なんて、きっと酷《ひど》く浮いてしまうのでしょうが」

「そんなこと……」

「……すみません、私語が過ぎました。行きましょう」

やはり、沙良はあまりにも自己肯定感が低い。

澪はたまらない気持ちになって、階段を下りていく沙良の手首を衝動的に摑《つか》んだ。

「新垣さん……？」

「あの……、敬語、やめてもいいですか……？」

「え？」

「社会人にあるまじき提案だってことは承知ですが……、試験とはいえ今日は仲間ですし、こ、後輩として接させてもらえないかと……」

おかしなことを言っていると、十分自覚していた。

ただ、温かい場所で自分はきっと浮くと当たり前のように語る沙良を、放っておくことができなかった。

後輩という妙に甘酸っぱい響きに狼狽《うろた》え、思わず嚙《か》んでしまう程の体たらくだが、澪には距離感を縮めるための方法が他に思いつかない。

澪はビクビクしながら、沙良の反応を待った。

時間が経つごとに、困らせてしまったかもしれないという不安が込み上げてくる。

――しかし。

突如、沙良の目に小さな光が宿った。

「も……、もちろん、です……！」

そして、そんな顔もできるのかと思わず驚いてしまうような、高揚を抑えきれないといった表情を浮かべた。

想像以上の反応に、澪の不安は一気に払拭《ふっしょく》された。

「よかった……。じゃあ、普通に話すね」

「はい、ぜひ……！」

「宮川さんも、少しでいいから崩して。無理のない程度でいいから」

「はい……、ありがとうございます」

いきなり敬語を取っても、意外と違和感はなかった。おそらく、あまりに嬉《うれ》しそうにしている沙良のお陰だろう。

そんな沙良を見ていると、たとえ短い間だとしても、今日だけはここを居場所に感じてくれたらいいのにと思わずにいられなかった。

「ってか、すっかり置いていかれちゃったね。あまり待たせると、また伊原さんが騒いじゃう」

「そうですね。一階へ急ぎましょう」

心なしか、沙良の纏《まと》う空気が柔らかい。それに、声も少しだけ弾んで聞こえる。

ほんの些《さ》細《さい》なことでこんなにも雰囲気が変わるとは思わず、澪は、緊張しながらも提案してよかったと、心からそう思った。

ただ、ふたたび階段を下りはじめた途端、周囲に漂うじっとりとした空気のせいで、澪は一気に現実に引き戻される。

階段は、照明が点《つ》いていてもなお薄暗く、澪たちの足音が不気味に響いた。

「気持ち悪いね」

「そうですね。……それに、なんだか不思議な気配があるような……」

「不思議な気配？」

今のところ霊障はなく、それらしき気配もないが、沙良にそう言われて澪は辺りをぐるりと見渡す。

すると、突如、沙良が澪の袖《そで》をぎゅっと摑んだ。

「新垣さん……、あそこです……」

沙良が指差すのは、半階下の踊り場に設置された窓。

よく見ると、窓の外で白っぽい影がゆらりと動いていた。かなりぼんやりしているものの、それは人の形をしていて、まるで中を覗《のぞ》き込んでいるかのように、両手を窓についている。

澪たちがいる場所は二階と三階の間であり、窓の外に人が立てるような場所はない。

——けれど。

「あれは……、多分、警戒しなくても大丈夫な霊だと思う……」

澪はほっと胸を撫《な》で下ろし、沙良にそう伝えた。

様々な霊を視《み》てきた澪には、害のない気配は見ればすぐにわかる。廃校や劇場などの調査で、無害な霊が集まっているところを散々目撃してきたからだ。

次郎いわく、かつて人で賑《にぎ》わっていた場所には、小さな浮遊霊が集まりやすいらしい。

「大丈夫というのは、どういうことでしょうか……」

「久しぶりに人の気配があるから、様子を見てるだけだと思う。多分なにもしてこないと思うし、気にせずに通ろう」

澪はそう言って沙良の背中を押し、階段を下りる。そして、なにごともなく踊り場を通り抜けると、戸惑う沙良に微笑んでみせた。

「ね、大丈夫だったでしょ？」

「はい。……わかっていたつもりですが、新垣さんって、すごい方なんですね」

「まさか。私なんて全然だよ。でも、今は危険だったらマメが吠《ほ》えるだろうなっていう安心感があるから、ちょっと強気になってるかも」

「マメ……？」

「あ……、えっと、あとでゆっくり紹介するね」

霊感の強い沙良には、おそらくマメの姿がはっきりと見えるはずだ。ただ、たった今浮遊霊を視たばかりの沙良に、今度は仲間だと言いながらマメを紹介するのは混乱させる気がして、曖昧《あいまい》に誤魔化す。――けれど、そのとき。

「あの……、マメとはもしかして、動物霊のことですか？」

まさかの問いかけに、澪は思わず立ち止まった。

「え……？　気付いてたの……？」

「実は、第六リサーチさんのオフィスにお邪魔したときに、動物の気配があるように感じまして……。今日も新垣さんの近くでかすかに同じ気配を感じたので、不思議に思っていたのですが……」

澪は言葉を失う。

マメのように、無害な上に気配を消すことに長《た》けている動物霊は、よほど意識していないと見つけることはできない。なのに、沙良は最初からその存在に気付いていて、その上、動物であることまで認識していたらしい。

その感覚の鋭さは明らかに澪以上であり、それどころか、次郎にも匹敵する可能性があった。

「すごい……、気配を消してる動物霊に気付くなんて、本当に霊感が強いんだね。さっきも浮遊霊にすぐに気付いたし……」

澪は心底感心していた。

そして、これ程までに敏感ならば、霊感があることを役立てたいという発想に至っても不思議ではないと改めて思う。

　しかし、沙良はなぜか浮かない表情で、小さく溜《た》め息をついた。

「確かに、霊感は強い方だと自覚していますが……」

「どうしたの……？　なんか落ち込んでる……？」

「……いえ、少し思うところがありまして。……気になさらないでください」

　てっきり喜ぶと思っていた澪は、想像と真逆の反応に動揺した。

　ただ、気にするなと言われると、それ以上追及するわけにはいかなかった。

「そうだ！　気付いてたんだったらもう紹介するね。……マメ、出ておいで！」

　澪はとりあえず元気を出してもらおうと、マメの名を呼ぶ。

　すると、マメはすぐに足元に姿を現し、澪を見上げて尻尾《しっぽ》を振った。澪はマメを抱え上げ、沙良の方へ向ける。

「この子がマメ。八王子《はちおうじ》で保護したの」

　沙良は大きな目をさらに見開き、マメをまじまじと見つめた。

「保護……？　というのは……、つまり、飼育されているということでしょうか……？」

「なにも食べないし、飼育っていうのとはちょっと違うけど……、まあ家族というか、友達というか」

「友達……」

　沙良は表情を硬直させ、黙り込んでしまった。

マメを見れば気持ちが和むのではないかと思っていた澪は、ことごとく予想と違う反応を見せる沙良にふたたび動揺する。――すると、そのとき。

「澪ちゃんは感覚が麻痺《まひ》しすぎ」

突如響いた、晃の声。

見れば、苦笑いを浮かべた晃が、階段の下から澪たちを見上げていた。

「晃くん……！」

「あんまり遅いから様子を見に来てみたら、やばい会話してるから思わず声かけちゃった。……ってか、いくら霊感が強い同士でも、友達だって言いながら犬の霊を紹介するのは、常軌を逸した行為だと思うよ？」

「そ、……そっか……」

指摘され、確かにその通りだと澪は自覚する。

そして、沙良があまりに落ち着き払っているせいで、つい普段の感覚で接してしまっていたことを反省した。

「ご、ごめん宮川さん……、そりゃ驚くよね……。で、でも大丈夫だよ。この子は大人しいし……」

「いえ……、怖がっているわけではありません」

「そ、そうなの……？　じゃあ動物が苦手とか……？」

「そうではなく……」

沙良の様子は、なんだかおかしかった。

ただ、本人が言う通り、マメを怖がっているようでもない。どちらかと言えば、落ち込んでいるように見えた。

浮遊霊を視た後も途端に元気がなくなっていたし、気付かないうちに気に障ることをしてしまったのだろうかと、澪はマメを抱えたままオロオロと様子を窺《うかが》う。——そのとき。

「……さしずめ、自分と澪ちゃんとの差を思い知って、ショックでも受けてるんじゃん？」

突如、言葉を挟んだのは晃。

沙良は、明らかに動揺した。

晃は澪たちの場所まで階段を上り、やはりといった表情を浮かべる。

「霊が視えることが唯一の特技だと思ってたのに、いざそれを仕事にしてる人間に会ってみたら自分とはもはや次元が違ってて、衝撃を受けた……的なことでしょ」

「晃くん、そんな言い方……」

語調の強い晃を、澪は慌てて制した。

ただ、心の奥の方では、晃の考察に心当たりを覚えていた。

沙良の様子がおかしかったのも、そう考えると納得がいく。

「ご、ごめんね……、配慮が足りなかったよね。でも、私はなんだかんだで何年もこの仕事をしていて、それなりに経験積んでるし……」

「澪ちゃん、そういうことじゃないんだよ」

「え……？」

「自分は特別じゃなかったんだって、もっと根本的なところで絶望してるの。音大に入ったときみたいに」

晃がそう言うと、沙良は深く俯《うつむ》き、手を強く握った。震える肩が、図星だと物語っている。

「だ、だけど……、十分に霊感はあるわけだし、絶望する必要なんて……」

「そこが宮川さんの特殊なところで、多分、最初から特別じゃなきゃ納得いかないんだよ。つまり、ゼロか百かしかなくて、百じゃないと自分の中では価値がないんじゃん？　ただ、そんなんじゃ永遠に絶望し続けるだけだと思うし、やっぱり自分のテリトリーに戻ってお父さんに甘えて暮らした方がずっと幸せだと思——」

「晃くん……！」

あまりにきつい言い方に、澪は咄嗟《とっさ》に言葉を挟む。

しかし、晃に悪びれる様子はまったくない。

「でも、そうじゃん。実際、わざわざ音大入っておきながらいきなり不貞腐《ふてくさ》れるくらいだし。競う相手がいないまま大人になると、こうなっちゃうのかって思って。足りない才能を努力でカバーする、みたいな発想がないなら、たとえ第六に入れたとしても同じことを繰り返すだけだよ」

「もうやめ……」

「新垣さん、大丈夫です」

澪を止めた沙良の声は、不自然な程に落ち着いていた。

初めて第六へやってきたときにも思ったけれど、沙良からは時折、なにもかもをシャットアウトするかのような分厚い壁を感じるときがある。

沙良は一度ゆっくりと息を吐き、すっかり動揺を消し飛ばした目を晃に向けた。

「私が不快な思いをさせていることは承知しています。ですが、私も自分なりに数々の葛藤《かっとう》をしてきました。たとえ腹立たしい程に甘えて見えたとしても、私のことをなにも知らない他人から、すべてを否定されるいわれはありません」

「まあね。でも、今回は多くの人を巻き込んでるからね。一人で勝手にやってることなら、僕はもちろん、誰もなにも言わないだろうけど」

「それは、もちろんわかっていますが……」

張り詰めた空気の中、澪は固唾《かたず》を呑《の》んで二人の様子を窺う。澪には沙良の心の葛藤も理解できるし、晃が苛立《いらだ》つ理由もわかる。そして、この言い合いには落とし所がないことも、密《ひそ》かに察していた。

「と、とりあえず、試験中だから一回戻ろう……！」

結局、澪は二人の間に強引に割って入り、一階へと促す。

二人の相性が悪いのは明らかだし、ひとまず今日に関しては、両者をあまり接触させないことが得策だと思った。

そして、ようやく大部屋に戻った瞬間、半泣きの伊原が青ざめた顔で沙良に駆け寄る。

「お、お嬢様……！　ご無事でしたか……！　ってか、溝口くん勝手にいなくならないでよ……！　まじで心臓止まるかと思ったわ……！」

「止まってもよかったのに」

「……あれ？……なんか今、死ねって言われた？」

「こ、晃くんはちょっとお疲れでして……！　そ、そうだ！　あっちに結界張ってきますね！」

伊原のお陰で空気は少し緩んだものの、澪はまだ態度に苛立ちが残る晃の腕を無理やり引いて、部屋の端へと移動した。

伊原たちから離れるとようやく気持ちが落ち着き、澪はバッグからお札の束を取り出す。

「さて。……ハリボテの結界だけど、無いよりマシってことで！」

努めて明るく言ったものの、晃に反応はない。

ただ、さっき見せた冷え切った雰囲気は、少し緩んでいた。

「にしても、お札って不思議だよね。当たり前のように使ってたけど、次郎さんはどこで入手してるんだろ。……やっぱお寺とか？」

「…………」

「ずいぶん昔から使ってるみたいだよね。……あ、最初は一哉《かずや》さんがどこかで貰《もら》ってきたって聞いたような……」

「……怒らないの？」

「え？」

いきなりの問いかけに、澪の手が止まる。

見れば、晃はまるでいたずらをした子犬のようにばつの悪そうな表情を浮かべ、澪を見つめていた。

「怒る……？　なんで？」

「……てっきり、宮川さんに言ったことを責められるのかと」

「ああ……、まあ、めちゃくちゃ言い過ぎだとは思ってるけど……」

「けど？」

「……晃くんは努力の人だから、やりきれない気持ちになるのもわかるし。むしろ私も耳が痛いくらいだから」

「…………」

晃は普段から飄々《ひょうひょう》とした雰囲気で表面を繕い、あまり本音を見せないタイプだ。けれど、同じ時間を過ごす中で、澪は、晃という人間の本質を少しずつ知った。

最初に心の中が垣間《かいま》見えたのは、出会って間もない頃。

当時の晃は、訳アリ物件を片っ端から借り、心霊現象に異常な執着を見せ、必要以上に変わり者を装っていた。

最初は変な人だと思ったけれど、その目的が、とても大切だった子の魂との再会を望んでいたからだと知ったとき、晃の中にある純粋さが透けて見えた気がした。

霊感がまったくないにも拘《かかわ》らず、何年も諦《あきら》めることなく追い続けるなんて、そう簡単にできることではない。

無意味だと表現する人もいるかもしれないけれど、澪は、それを情熱であり努力だと思っている。

少なくとも、どうしても会いたい、傍にいてあげたいと願い続けた晃の思いは、純粋なものだと。

そんな晃を、澪に否定できるはずがなかった。

「……ありがと」

珍しく弱った声で謝られ、澪は驚き顔を上げる。

すると、晃は突如、澪の頭を両手で乱暴に撫《な》でた。

「ちょっ……、雑……！　ってか、何度も言うけど言い過ぎだとは思ってるから！　それに、言い方も最悪だったし！」

「うん。ごめん」

「私に謝っても……！」

「うん、宮川さんにもあとで謝る。あくまで言い方だけ」

「揉《も》める気しかしない……」

澪が重い溜《た》め息をつくと、晃が可笑《おか》しそうに笑う。その、いつも通りの穏やかな笑みを見ると、なんだか安心した。

すると、晃もすっかり落ち着いた様子でタブレットを取り出し、屋上にセットしたカメラの映像を開く。

それは、ただただ屋上の静かな光景を映し出していた。

「……ってかさー、ぶっちゃけどうなの？　霊の気配、ある？」

「それが……、今のところは小さな浮遊霊しか。本当に出るのかなって思うくらい気配がなくて」

「そうなんだ。……でも、サイトを見る限り目撃者は異常に多いよね。……とはいえ、どれも飛び降り現場を視《み》たっていう情報ばかりで、建物の中のことはまったくわかんないんだよなぁ。ま、いくら心霊マニアでも、さすがに不法侵入するわけにはいかないだろうけど」

「うん……。でも、次郎さんが全然警戒してなかったから、たいしたことは起こらない気がする」

「……確かに。ま、念の為、屋上に続く階段と、自殺現場の駐車場にもカメラ置いてこようかな」

「そうだね。手伝う？」

「いや、小型しか持ってきてないし、全然大丈夫。……澪ちゃんはあの二人をよろしく」

「うん、了解」

晃は立ち上がり、機材を入れたリュックを抱えてふたたび階段へ向かう。

澪はその後ろ姿を見送った後、沙良たちの元へ向かった。

しかし、伊原は澪が戻るやいなや、入れ替わりに結界へ向かい、もはや動く気はないとばかりに膝《ひざ》を抱え込む。

「うわぁ……、宮川さんを心配して来たはずなのに、真っ先に結界を占領してる……」

「私はまだ必要ありませんから、大丈夫です」

沙良の表情はすっかり元通りで、澪はほっと胸を撫で下ろした。

「宮川さん、さっきは嫌な思いをさせちゃってごめんね。それに、晃くんが言ったことは、できればあまり気にしないで……。彼にもいろいろと事情があって……」

「そんな……、新垣さんこそお気になさらないでください。それに、私も図星を突かれて煽《あお》るような言い方をしましたので、お互い様です」

「宮川さん……」

「この霊感が、特別なものだと信じていたのは確かです。ただ、音大に入ったときと同じ挫《ざ》折《せつ》を繰り返していても意味がないと、改めて気付きました。むしろ、溝口さんには感謝したいくらいです」

やはりこの子は大人だと、澪は思う。

ただ、どうしても、その落ち着き方が年齢に見合わない気がしてならなかった。

「あの……、私には、別になにを言ってもいいからね。……不安なことがあるなら、全然言ってくれていいし。もちろん、言いたい放題の晃くんにも、言い返しちゃっていいから」

「はい。……心配してくださってありがとうございます」

「だから、そんなに感謝ばっかりしなくていいよ……。宮川さんは、試験のことだけ考えて」

「はい、頑張ります。……ですが、なんだかとても嬉《うれ》しくて、ついお礼を言いたくなるんです」

「うん……？」

澪が首をかしげると、沙良はかすかに微笑む。

その表情が驚く程綺麗《きれい》で、澪は一瞬見惚《みと》れてしまった。


一方、肝心の心霊現象に関しては、待てど暮らせど反応ひとつ得られなかった。

ついに日を跨《また》いだ頃、結界の中で寝転んでいた伊原が、退屈そうに体を起こす。

「ねえ……、本当にここ、心霊現象起こるの？　次郎くん嘘ついてない？」

「……ついてませんよ。そもそも晃くんのサイトで探してきた物件ですし、目撃情報だってたくさんありますから」

「って言うけど、全然なんにも起こらないしさぁ……」

「伊原さんは、出てきてほしくないんでしょ？」

「そりゃ俺は見たかないけど、出てこなきゃお嬢様が第六に入社できないじゃん」

伊原はそう言いながら、大部屋を落ち着きなくウロウロする沙良を見つめた。

軽い口調とは裏腹に、その視線はなんだか意味深で、澪はふと違和感を覚える。

「……ていうか、伊原さんはどうして宮川さんに協力しようと思ったんですか？」

それは、前々から疑問に思っていたことだった。

普段の伊原なら、商売相手の娘が危険なことをしようとしていることを知った場合、真っ先に父親に告げ口をして点数を稼ぐだろう。

「伊原さんが宮川さんを連れてきたとき、親子どっちの肩を持っても印象が悪いって、まるで今気付いたみたいな言い方してましたけど……、伊原さんがそんなこと気付かないわけないですし」

「……澪ちゃん、ちょっと声絞って」

ふいに、伊原の声色が変わる。

同時に、静かに映像チェックをしていた晃が小さく笑い声を零《こぼ》した。

「澪ちゃんはいつもぼーっとしてるけど、たまに鋭いよね」

晃はタブレットに目を向けたまま、人の悪い笑みを浮かべている。

すると、伊原が観念したように肩をすくめた。

「いや……、正直、そんなに深い理由はなくて。俺、あの子と父親のことは結構昔から知ってるんだけど、とにかく溺愛《できあい》されて、いっそペットかって思うくらいなにもかもを管理されてて、そもそもは俺なんか近寄ることすら許されなかったんだ。それが、急に扱いが少し変わったんだよね。あの子が十七歳になる頃に」

「……どういうことですか？」

「まじでここだけの話にしてもらいたいんだけど……、その頃、父親に新しい女ができたの」

「は……？」

「浮気性っていうよりは、多分、恋多き男なんだよなぁ。遊びではなく、全部本気なんだよ。毎回本気で恋しちゃうから結婚離婚を繰り返して、ちなみに、あの子のお母さんは四番目の奥さん。……現在、密《ひそ》かに離婚協議中」

離婚自体はそう珍しい話ではないが、今回成立すれば四度目となり、さすがに多すぎるように思える。しかも、伊原の話が本当ならば、いずれは五度目の結婚をするのだろう。

それこそ、財力があるから為《な》せる業だ。感心しているわけではないが、まるでハリウッドスターのようだと澪は啞然《あぜん》とした。

「ま、過去の奥さんの子供たちにも十分すぎる支援をしてるし、もし離婚が成立しても、あの子の人生は金銭的な意味では一生補償される。……んだけど……」

「……娘への興味は、薄れちゃうんだ？」

「そういうこと」

澪の心に、モヤッとした感情が広がった。

ただ、その話を聞くと、伊原が近寄れない程箱入りだった沙良が、音大の受験を許された理由にも納得がいく。

「……すごい話ですね」

思うことがありすぎて、澪はそれ以上なにも言えなかった。伊原はそんな澪の心境を察したのか、重苦しい表情で頷《うなず》く。

「いくら金があるって言ってもねぇ。狭い籠《かご》から出ることすら許さなかった娘を急に自由にするなんて、逆に残酷じゃん……。ま、あの子は賢いから、父親の中で自分の存在が軽くなったことを十分に察していて、自分の力で生きてみたいって考えたんだと思うんだよ。だから、自分にはなんの特技もないけど、霊感なら人一倍あるから役立てられないかって相談されたとき、……つい、ほだされちゃったというか」

「……なるほど」

「まぁ、就職なんてその気になりゃいくらでもあるんだろうけど、世間知らずのお嬢様がいきなり一般社会の荒波にぶちこまれると思うとあまりに忍びなくて。事情を知ってるだけに、せめて目が届く場所で働いてほしかったというか……」

「伊原さん、親みたいですね……」

「柄にもないって言いたいんでしょ。自覚してるよ」

柄にもないのは確かだが、手を差し伸べたくなった伊原の気持ちは澪にもよくわかる。

そして、別の家庭を持とうとしている父親から自立したいと考える、沙良の気持ちも。

ただ、そうはいっても、やはり澪にできることは少ない。

「でもさー、ウチには多分入れないよ？　伊原さんだって、部長さんが諦《あきら》めさせるためにわざわざ試験をしたってことくらいわかってんでしょ？　宮川さんには解決できないって確信してるってことじゃん？」

まさに、晃が言った通りだ。

そもそも、次郎には採用する意思がない。

すると、伊原はうんざりした表情で天井を仰いだ。

「……まあ、それはね。そりゃ今も希望を捨ててはいないけど、それこそ第六の調査なんて簡単じゃないだろうし。……駄目だったら、俺のセレブネットワークでよさげな会社を見繕ってくるしか……。でも、あの子の父親の名前を聞いたら、みんな嫌がるだろうな……」

「それに、自分の能力にこだわる宮川さんは、納得しないんじゃ……」

「そこは、そんなに甘くないんだってことを、きちんとわかってもらうしかないよなぁ。こう言っちゃなんだけど、就活なんてしたこともないだろうから、同年代の子と比べても不利だし。今はコネでもなんでも使って、少しずつ社会経験を積んでもらって……」

「……聞いてらんないわ。過保護すぎ」

晃はすっかり呆《あき》れた様子で、タブレットに視線を戻した。

澪は複雑な気持ちで、小さく溜《た》め息をつく。そのとき、ふと違和感を覚えた。

「あれ……？　宮川さん……？」

いつの間にか、沙良の姿がない。

「ちょっ……、お嬢様……？」

伊原は顔面蒼白《そうはく》で立ち上がり、オロオロと周囲に目を泳がせた。すると、突如、ガタンと重い機械音が響く。

「今の音、エレベーターだよね？……点検状況もわかんないし、使わない方がいいと思うけど」

晃が言う通り、それは、エレベーターの稼働音に聞こえた。とはいえ、沙良がなにも言わずに使うとも思えない。

澪はなんだか嫌な予感がして、急いで音がした方へ向かった。

大部屋を出ると、ふいに、エレベーターの前に立つ沙良と目が合う。

「宮川さん……！　よかった……」

「新垣さん……」

「危ないから、エレベーターは使わない方がいいよ」

澪はほっと胸を撫《な》で下ろす。――しかし。

「……新垣さん、違います。私が呼んだのではなく、勝手に動きだしたんです」

「え……？」

その意味を理解すると同時に、背筋がゾクッと冷えた。

階数表示を見ると、確かにエレベーターは上へと向かっている。しかし、通常は、一階からの操作で上へ向かわせることはできない。

「誰か、乗ってるってこと……？」

「わかりませんが、……妙な気配があります。階段で視《み》たものとは明らかに違う気配です」

沙良が言う通り、辺りには妙な気配が漂っていた。

やがて、しばらく「２」と表示していた階数表示が「３」に変わり、重い音を響かせた後、ふたたびしんと静まり返る。

「三階で止まったみたい……」

「……自殺者の霊かもしれませんので、向かいます」

「ちょっと待っ……」

沙良は、澪が引き止めるのも聞かず、すぐ横にある階段を駆け上った。

慌てて追おうとすると、遅れてやってきた伊原が澪の腕を掴《つか》む。

「ちょっ……、お嬢様どこ行ったの……！」

「多分、屋上です！」

「お、俺も行く……！」

「じゃあ急いでください……！」

「ひ、膝《ひざ》が震えて」

「ちょっ……、置いてかれちゃうから……！」

「ねえ待ってよ二人とも。落ち着いて」

突如、二人に割って入ったのは、晃。

晃はやれやれといった様子で、澪の目の前にタブレットを掲げる。そこには、三階の廊下から屋上へ続く階段までの一帯が広く映し出されていた。

その光景を見て澪は息を呑《の》む。

違和感を覚えたのは、エレベーターの前の白くぼんやりとした影。

廊下の木目が透ける程に曖昧《あいまい》なものだが、おそらく霊で間違いない。それは、全身を震わせながら、床に小さくうずくまっている。

「これ……、もしかして、自殺した介護士の女性の霊……？」

「わかんないけど、そうかも」

「じゃあ、やっぱり急がなきゃ……！　宮川さんが追いついちゃう……！」

「だから落ち着いてってば。今日は調査じゃなくて、宮川さんの試験なんでしょ？　任せなきゃ意味ないんじゃないの？」

その瞬間、澪はハッと我に返る。

「澪ちゃんが駆けつけて解決する気？　そんなことしたら、あの子不採用だけど」

確かに、晃の言う通りだった。

もし晃が止めてくれなかったなら、澪は沙良を守ることに気を取られ、採用の機会を奪っていたかもしれない。

「そ、そうだ、よね……」

「ほんと、すぐ我を忘れる」

「ありがとう、目が覚めた……」

「僕はまぁ不採用で全然いいんだけど、澪ちゃんは後悔しそうだし。……あまり危険じゃないことは部長さんのお墨付きなんだから、冷静に見てようよ」

「わかった……。だけど、近くまで行くのはいいよね……？」

「手助けさえしなければいいと思うよ――」

澪は頷き、晃と、そして相変わらず怯《おび》えている伊原と一緒に階段を上る。辺りには、さっき通ったときとは明らかに違う、不穏な気配が漂っていた。

「ね、ねえ、寒くない……？　絶対なにかいるじゃん……」

伊原もこの異様さを感じているらしい。

ただ、澪は、この気配になんとなく妙な引っかかりを覚えていた。

霊がいることは明らかだが、霊障があまりにも弱い。漂う気配もなんだか異様で、なにより、いつもは一番敏感なマメが姿を現さない。

「マメ、いる……？」

呼んでみると、マメは澪たちの少し先にふわりと現れたものの、どこか戸惑った様子で澪たちを見つめた。

「やっぱり変かも……」

「変……？　な、なにそれ、やばいってこと……？」

「わかりません……。ただ、単純に気配が弱いし、なんとなくいつもと違うというか……

…」

「いや、もっとわかるように教えてくれない……？」

伊原はそう言うが、澪にも上手《うま》く説明できなかった。得体の知れない不安が込み上げ、澪は足早に階段を上る。

そして、ようやく三階に着くと、廊下には沙良の姿があった。

ひとまず沙良が無事であることにほっとしたものの、沙良の奥には白い人影があり、心臓がドクンと鳴る。

それはおそらく、さっき映像で確認した、床にうずくまっていた女の霊。今は立ち上がっていて、壁に縋《すが》りながらもじりじりと沙良の方へ向かっている。

「お……、お嬢様……！　に、逃げて……！」

伊原の叫び声が響いた。

けれど、沙良は女の霊の行く手を阻むように立ち、動く気配はない。

恐怖で身動きが取れなくなってしまったのではないかと、澪は咄嗟《とっさ》に沙良に向かって足を踏み出す。――けれど。

「――話を聞かせていただけませんか」

突如、沙良の驚く程冷静な声が廊下に響き、澪は動きを止めた。

「宮川、さん……？」

「……会話しようとしてんじゃん？」

映像越しに女の霊を確認しながら、晃がそう呟《つぶや》く。

ただ、だとすれば、沙良の態度はあまりに落ち着きすぎていた。霊と対峙《たいじ》しているとはとても思えないくらいに、声も淡々としている。

その後ろ姿には、並々ならぬ覚悟が感じられた。

「ねえ……、あんなに普通でいられるもの……？」

「そんなこと言われても、周りに普通の人が少なすぎてよくわかんないわ。でも、あの子はちょっと変わってるし、それに、澪ちゃんとの差を見せつけられて余計に肝が据わったんじゃない？」

「そんなこと……」

とても信じられないけれど、実際、沙良は階段で浮遊霊を視たときよりも、さらに落ち着き払っていた。

しかし、女の霊は沙良の声に反応することなく、少しずつ沙良に接近する。

「どうか、止まってください……」

　問いかける声が、ほんのわずかに動揺を帯びた。

「なにか、辛《つら》いことが……？」

　質問を重ねても、女の霊は動きを止めない。むしろ、沙良のことを認識していないようにすら感じられる。

　やがて、女の霊が目の前まで迫ると、沙良はついに道を空けた。

　女の霊は階段の前までフラフラと移動し、手《て》摺《す》りを摑んで、今度はゆっくりと階段を上りはじめる。

　行き先は、言うまでもない。

　この霊は、おそらく、自殺を図った後も自分が死んだことに気付かないまま、何度も同じ行為を繰り返しているのだろうと澪は思う。

　思い出すのは、吉原不動産の最終面接を受けた日のこと。

　澪はあの日、本社ビルの屋上から投身自殺して亡くなった社員の霊に遭遇し、危うく道連れにされかけた。

　あのときは、次郎がしてくれた説明がまったく理解できなかったけれど、今は違う。

　無念を残すとはそういうことなのだと、経験を積むにつれ自然に理解できるようになった。

　同時に、無念に囚《とら》われた霊と会話を成立させることがいかに難しいことなのかを、今はよく理解している。

おそらく、反応を得るためには、苦しみの核心に触れるような言葉をかけなければならない。

けれど、試験中の今、それを沙良に助言するわけにはいかなかった。

「待ってください……。話を聞かせてください……」

沙良は反応のない女の霊を追い、繰り返し声をかける。

澪は、ただ見守るだけというもどかしさを覚えながら、一方、これ程までにまっすぐに霊と向き合えるのならば、いずれは核心に触れられるのではないかとも考えはじめていた。

「ね、ねえ澪ちゃん、お嬢様大丈夫なの……？　あんなに質問責めにして、霊を怒らせたりしない？」

伊原は澪の背中に身を隠し、ガタガタと震えながら不安げにそう呟く。

すると、晃が呆《あき》れた様子で伊原を澪の背中から引き剝《は》がした。

「伊原さんは素人なんだから、別に助けに行ってもいいんじゃないの。ボディガードのつもりで来たんでしょ？」

「い、いや……、俺にできることないし……。そもそも、霊にあんなに堂々と話しかけてる人が、俺の助けなんかを必要とするわけないし……」

「じゃあ本当になにしに来たのって言いたいところだけど、確かにちょっと不気味なくらい落ち着き払ってるよね、あの子。見た目も女優さながらに整ってるし、パッと見、手練《てだ》れの女陰陽師《おんみようじ》って感じ」

晃の感想に、澪は密《ひそ》かに納得していた。これだけの度胸があるならば、十分に仕事として成立しそうだと思えてならない。

次郎は、どんなに資質があろうと人員は足りていると言ったが、澪はここまで特殊な人に出会ったことがなかった。二度と出会えないのではないかとすら思う。

「もし受かったら、すごく優秀な人材になりそう……」

思わずそう零《こぼ》すと、晃が肩をすくめた。

「周りの人間からすると怖いけどね。恐れ知らずなんて、命知らずと同義でしょ。澪ちゃんだけで十分」

「……ご、ごめん」

「ま、今のところ会話は成立してないみたいだから、希望は薄いけど」

確かに、女の霊は相変わらず沙良の言葉にまったく反応を見せなかった。

一段ずつ階段を踏みしめながらゆっくりと進み、やがて一番上まで上りきると、鉄の扉をスッと擦り抜けていく。

沙良がすぐにその後を追い、澪たちも慌てて階段を上った。

おそるおそる扉を開けると、首をがっくりと項垂《うなだ》れながらフェンスの方へ向かう女の霊の後ろ姿が確認できる。

「私では、話し相手になれませんか……？」

沙良は女の霊の横に立ち、変わらず必死に話しかけていた。

「もし、私に話して楽になることがあるなら……」

しかし、なにを言っても、沙良には視線すら向けない。

やがて、屋上の端まで辿《たど》り着いた女の霊は、フェンスに縋り付いて苦しそうに体を震わせた。――そして。

『う……』

ふいに屋上に響き渡る、啜《すす》り泣く声。

その声があまりに悲しげで、澪の心がぎゅっと締め付けられた。

『うう……う……』

おそらくこの女性は、飛び降りた当日もこんなふうに泣いたのだろう。

なにがあったのかはわからないけれど、その小さな背中から酷《ひど》い絶望感が伝わってくる。

自殺者は、決して少なくはない。むしろ、年々増えているという。

ニュースなどで耳にするたび、なにも死を選ぶことはないのにとつい考えてしまうけれど、追い込まれるということがどういうことなのか、悲しげな泣き声が嫌という程物語っていた。

沙良も同じ気持ちなのか、傍に寄り添って膝《ひざ》をつき、背中にそっと手を添える。

「……私に、なにか、できることは……」

その声は、震えていた。

おそらく、試験や義務とは関係なく、心から、この悲しい魂を救ってあげたいと思っているのだろう。

伝わるのではないかと、澪は思った。

思い返せば、澪が受けた最終審査でも、自分になにかできることはないかという澪の必死な訴えに、霊は反応した。そして、悲しみの理由を、――一通も届くことのなかった息子へ宛てた手紙の在処《ありか》を教えてくれた。

澪は、どうか癒《いや》されてほしいと願いながら、沙良たちの様子を見守る。――しかし。

女の霊は、沙良に耳を貸すことなく、突如フェンスに足をかけた。

「待っ……、どうして……！」

沙良の声は届かない。

それどころか、女の霊はあっという間にフェンスを越えると、呼吸をする間すら置かず、もはや乱暴にも思える勢いで身を投げてしまった。

「っ……」

一切の躊躇《ためら》いを感じさせないその最期に、澪は啞然《あぜん》とする。

沙良もまた、状況が理解できないとばかりにただ立ち尽くしていた。

静まり返った屋上に、晃の溜《た》め息が響く。

「……駄目だったっぽいね」

それは、試験の終了を意味していた。

現に、女の霊が飛び降りた瞬間から、張り詰めていた空気はすでに緩んでいる。

「は……？　う、嘘でしょ、終わり……？　話を聞いてくれる余地なんてなかったよね……？　ってか、待ってたらもう一回くらい現れるんじゃないの……？」

「……一晩に何度もやんないでしょ」

「なんでわかんの？　ってか、難易度高すぎない？　こんなのおかしいって……！」

食い下がる伊原を、晃が面倒くさそうにあしらう。

「うるさいなぁ。そもそもそっちが無理言って渋々やった試験なんだから、難易度が高いのは仕方なくない？」

「いやいや、いくらなんでも相手が悪すぎるし！」

「――伊原さん、もう大丈夫です」

伊原と晃の言い合いを止めたのは、沙良だった。沙良は思ったよりも落ち着いた様子で、澪たちの元へ来ると携帯で時刻を確認する。

「お嬢様……」

「ご本人からはなにも聞けませんでしたが、まだ終わったわけではないですから。……もしかすると、ここに出る浮遊霊からなにかを聞くことができるかもしれませんし」

「お、お嬢様。まさか霊を相手に、そんな刑事の聞き込みみたいなことを……？」

「可能性は、ゼロではないと思うので」

「……そ、そうですか……？　他の霊のことを教えてくれる浮遊霊なんて、俺は聞いたことがないですけども……」

「無理だったなら、他の方法を考えるだけです……。これは私の試験ですから、私のやり方でやります」

「……そ、それはまあ、そうなんですが……」

沙良の口調は、少し焦りを帯びていた。自殺者本人からなにも聞けなかったのだから、それは無理もない

そのせいか、漂う空気はどこか重い。

ただ、そんな中、澪は一人、女の霊のことを考えていた。

というのも、実際に女の霊が飛び降りるまでの一連の行動を見て、妙な違和感が拭《ぬぐ》えないでいた。

どこがおかしいのかは上手《うま》く表現できないけれど、霊障の弱さにしても、醸し出していた気配にしても、これまで視《み》てきた霊とは確実になにかが違う。

なかば精霊と化した浮遊霊と比べても、女の霊は明確な無念を抱えているはずなのに、その存在感は、どこか希薄だった。

「っていうか……、あの霊からは、苦しいとか助けてほしいとか……、そういう気持ち、あまり伝わってこなかったね」

思わずそう呟《つぶや》くと、三人の視線が澪に集まる。

「普通は、もっと理不尽なくらいに訴えかけてくるものだと思ってたけど……」

言葉にすると、曖昧《あいまい》だった違和感が、頭の中で少しずつ明確になった。

「普通の霊とは違うということですか？」

「……わかんないけど……、なんていうか、どこか不完全っていうか……」

ふいに、沙良の瞳《ひとみ》が揺れる。

「不完全……。少しわかる気がします。霊に話しかけたのは今日が初めてでしたが、まるで映像を観ているかのような手応《てごた》えのなさでした」

言い得て妙だと澪は思った。

わざわざ姿を現す霊は、ほとんどが、なんらかの救いを必要としている。だから、視える人間を見つけると、縋《すが》ってきたり、または恨むべき相手と重ねて攻撃的になったりと、少なからず反応があるはずだ。

そう考えると、さっきの女の霊はまるで映像だった。

「そうだよね……。気配も薄いし、なんていうか、まるで心の一部だけが彷徨《さまよ》ってるような……」

「心の、一部……」

その瞬間、沙良の雰囲気がかすかに変わった。

「お嬢様……？　どうしました……？」

伊原が不安げに声をかけても、集中しているのか返事はない。

しばらくの、沈黙。――そして。

沙良は突如、決意の滲《にじ》む目で澪をまっすぐに見つめた。

「……新垣さん、私は似た気配に覚えがあります。……幼い頃から、父と過ごしているときに、たびたび感じた気配です」

「お父さんと……？」

「ええ。……いわゆる霊とはどこか違う、けれども明確な感情を持つ奇妙な気配でした。とはいえ、正体を知る術《すべ》などなく、ただ不思議に思っていたのですが……、ある日、私は視てしまったのです」

「視たって、なにを……？」

続きを促しながらも、澪はなんとなく嫌な予感を覚えていた。

沙良は一度深呼吸をし、かすかに震える唇を開く。

「……父を囲むその多くの気配の中に、――母の姿を」

一瞬、場がしんと静まり返った。

澪は混乱し、沙良の言葉を頭の中で何度も繰り返す。――そのとき。

「ちょっ……、お嬢様……、なに言ってるんですか……！」

突如、声を上げたのは伊原。そして、伊原はすっかり混乱した様子で、衝撃的な事実を口にした。

「お母様は、生きてらっしゃるじゃないですか……」

澪は驚き目を見開く。

一方、沙良はいたって冷静にこくりと頷《うなず》いた。

「ええ。……生きています。ですから、そのときに思ったのです。父を囲む気配はすべて、――生き霊と呼ばれる類《たぐい》なのではないかと」

「生き霊……？」

澪は、生き霊という存在があることを、一応は知っている。ただ、遭遇したことはないし、生きているのに霊と同様に彷徨うなんて、にわかに信じがたいと思っていた。

とはいえ、沙良が嘘をついているとは思えないし、澪自身、女の霊に対して違和感を覚えたことも確かだ。

全員が動揺する中、沙良は言葉を続ける。

「母は、父の心変わりに気付いていました。ただ、私に対しては、想定内だと言って、いたって冷静に振る舞っていました。……ですが、生き霊となり陰から父を見つめる母は、私には一度も見せたことのない、恨みがましい表情を浮かべていたのです。……私はそのとき、生き霊を視てしまったことへの戸惑いよりも、むしろ、母は私の前では必死に怒りや苦しみを抑え込んでいたのだと気付き、とても苦しくなりました」

「宮川さん……」

「父は、女性関係については言うまでもありませんが、仕事に関しても、さまざまなことをしてきた人間です。大きな影響力を持ちながらもとても奔放ですから、数々の恨みを買ってきたのでしょう。……たくさんの生き霊に囲まれてしまう程に」

沙良は淡々と語るけれど、それは壮絶な内容だった。

澪も晃も、伊原ですらも言葉を失い、重い空気が漂う。

すると、沙良は突如ハッと我に返り、続きを口にした。

「……父のことはともかく、さっきの霊に、私は同じような気配を感じました。……ですから……、もしかすると、あの女性はまだ……」

最後まで聞くまでもなく、沙良がなにを言いたいかは明らかだった。

そして、澪はそんな沙良の予想に納得していた。

澪が思い出していたのは、リアムのホテルを調査したときに遭遇した、残留思念。

生き霊ではなかったけれど、感情の一部が独立しているという意味ではとてもよく似ているし、あのとき感じた気配も普通の霊とはまったく違っていた。

「宮川さんの言う通りかも……」

澪は沙良と目を合わせて頷く。

澪自身が残留思念に深く関わったのは一回きりだが、多くの生き霊を視てきた沙良が似ていると言うのなら、その可能性を否定する理由はない。

ただ、その場合は、別の問題があった。

「あの女性がまだ生きているのならば、反応がなかったことも、会話が成立しなかったことも納得がいきます。心のほとんどは、別の場所にあるのですから。――つまり、長崎さんはそのことにお気付きの上で、ここを試験会場に選ばれたのですね」

「…………」

「……私を、万が一にも採用しないために」

澪には、否定することができなかった。

そもそもこの試験には、沙良と伊原を諦《あきら》めさせるためという裏の目的がある。あっさりと試験を了承した次郎を少し不思議に思っていたけれど、次郎は早い段階で生き霊であることに気付きながらも、むしろ都合がいいと考え、この場所を選んだ可能性が高い。

バレてしまえば揉《も》めるのは明らかだが、おそらく、沙良に気付かれることは想定外だったのだろう。

「……いや、さすがにやり方が汚くない？」

伊原が乱暴に頭を掻《か》きながら、うんざりした表情を浮かべた。

返す言葉がなく、澪は俯《うつむ》く。

「すみません……」

「いや、その様子じゃ澪ちゃんは知らなかったんでしょ？……まあ、次郎くんだって最初から採用する気はないってハッキリ言ってたし、こっちが勝手に一縷《いちる》の望みを持ってただけなんだけどさ。……だとしてもさぁ……」

「ってかさー、僕、生き霊なんて初めてだわ。映像でもぼんやりしてたし、話は通じないんだね。本体が生きてて意識は別のとこにあるなんて興味深いわー。もしかして、頑張れば僕にもできるのかな」

「いや溝口くん、感心するのは後にしてよ……。そりゃ、俺のことは別にどう扱ってくれてもいいよ？　でも……」

伊原は沙良に視線を向ける。

沙良が今なにを思っているのか、表情からは読み取れなかった。けれど、傷ついていることは間違いなく、澪はそっと寄り添う。――しかし。

「宮川さん、今日はその……」

「――要は、霊が出なくなればよいという話でしたよね」

突如、沙良は澪の言葉を遮り、いたって冷静な声でそう言い放った。

「え……？」

「……確かに想定していたどのパターンとも違いましたが、……だからといって、解決できないわけではありません」

「あ、あの……」

「――母は、立ち直りましたから」

沙良はそう言うと、おもむろに携帯を取り出し、どこかに電話をかけはじめる。そして、真夜中だというのに少しも待つことなく、誰かと会話をはじめた。

「……調べてほしいことがあります。昨年、まちだふれあいホームで自殺を図った、介護士の女性の現在の所在です。……いえ、それ以上の詳細はわかりません。……ええ。……はい。できるだけ早くお願いします」

澪をはじめ、晃すらもポカンとしていた。

沙良は電話を切ると、澪をまっすぐに見つめる。

「……この試験の内容が、普通なら解決しかねるものであることは確かなようですが、私なりの解決を目指してみようと思います。……人の手を借りるのは反則かもしれませんが、それはお互い様ということにしていただけると」

「えっと……、解決って……？」

「長崎さんの思惑は知りませんが、ひとまず私はできる限りの結果を出します」

沙良はそう言って屋上を後にし、颯爽《さっそう》と階段を下りはじめる。

「……意外と根性あるね……。やっぱちょっとぶっ壊れてる感はあるけど……」

澪は晃の呟《つぶや》きで我に返り、慌てて後を追った。

「宮川さん……、待って……！　あの……、さっきの電話って……！」

声をかけると、沙良は立ち止まってゆっくりと振り返る。

「……父の側近の一人であり、世話係という名目で私の元に配置された、いわゆるお目付役です」

「お、お目付役っていうと……」

つまり監視役のことだと察し、澪は戸惑った。

もしそうならば、沙良が第六に入社したがっていることも、もちろん今日のことも、すべて沙良の父親に筒抜けなのではないかと思ったからだ。

しかし、沙良は澪の懸念に気付いたのか、首を横に振った。

「お目付役といいましても、私が幼い頃から傍にいますし、彼はむしろ父から庇《かば》ってくれる頼れる存在です。名を目黒《めぐろ》といい、私の心情を理解して、ある程度は見て見ぬふりをしてくれています。……そもそも、父は昔程、私の行動に興味を持っていませんが」

「宮川さん……」

「父は目黒を信用していますから、私の行動は伝わりません。……今日は、別荘に滞在していることにしてもらっています」

「……そ、そうなんだ……」

「そして、目黒は父の持つすべてのネットワークを使うことができますから、彼に言えば調べられないことはほとんどありません。……詳細は申し上げられませんが、人の捜索などは、いたって簡単です」

澪にはとても想像のできない世界だが、それを聞いて唯一理解できたのは、ついさっき沙良が目黒に電話をかけた意図。

介護士の女性が生きていることを確信した沙良は、おそらく本人の元を訪ねようとしているのだろう。

ただ、訪ねたところで、それからどうするつもりなのかは謎だ。

晃の掲示板でも、誰もが亡くなったと信じ込んでいたし、たとえ無事だったとしても、かなりの怪我を負ったことは間違いない。現在意識があるのかどうかすらもわからず、たとえ面会が叶《かな》ったとしても、下手に声をかければ傷を抉《えぐ》る可能性もある。

「……宮川さん、あの……、慎重に計画を立ててからの方が……。気持ちはわかるけど、ご本人の心情も……」

澪は、沙良が意固地になっているのではと、少し不安を覚えていた。しかし、沙良はそんな澪に、穏やかに微笑む。

「もちろんわかっています。それも含め、目黒の情報を待ちます。……新垣さん、今の私は、採用試験の結果ばかりに強くこだわっているわけではありません。生き霊として現れる程の苦しみを抱えた女性に、……少し、母を重ねています」

「宮川さん……」

「なにがあったのかは知りませんが、きっと、顔に出さずにただ耐え抜いていたのではないかと思うのです。……私の母のように。母もまた、ある日突然壊れました。……それから私の声が届くまで、ずいぶん時間がかかりました」

「あの……、壊れた、って……」

「ええ。ある日、睡眠薬で自殺を図ったのです。なんの前触れもありませんでしたので、突如心の中でなにかがプツンと切れたのでしょう。……ただ、薬の知識をあまり持たない母は、飲んだ薬が致死量に届かず、死ぬことは叶いませんでしたが」

新たに語られた事実に、澪は絶句した。

初めて会ったときは、きっと恵まれた環境で育ったのだろうと疑いもなく思っていたけれど、次々と明かされる過去は、どれもあまりに重い。

「思えばあのときも、私は母の生き霊の存在を知りながら、なにもできませんでした。……知っているのになにもできないというのは、罪です。……もちろん、介護士の女性も、関係のない私に同情されたところで迷惑なだけかもしれませんが……、知ってしまった以上、なにもしないという選択を、私はもうしたくないのです。そればかりを繰り返していては、私が存在する意味がありませんから」

ふいに、澪の頭の中に、以前沙良が口にしていた言葉が再生された。

〝一度でいいから、私がいてよかったと誰かに思ってもらえたら……、少し、自分を許せるような気がして〟

その言葉はあまりに印象的で、とても忘れられない。

そこに込められた意味を少しずつ理解する程に、沙良の心に刻まれた傷の深さを痛感する。そして、落ち着いて見えるけれど、本当は酷《ひど》く打ちのめされているのではないかと、途端に心配になった。

「宮川さん……」

衝動的に名を呼んだものの、澪には、かけるべき言葉が浮かばなかった。沙良は、澪の目をまっすぐに見つめる。——そのとき。

突如、沙良の携帯が着信を知らせた。

おそらく目黒からだろう。沙良は澪にぺこりと頭を下げて携帯の通話ボタンをタップする。

「……はい。……ええ。……そうですか、ありがとうございます。では、詳細を後からメールでいただけますか。……はい、大丈夫です。……大丈夫。ありがとう」

ほんの十数秒の会話を交わし、沙良は電話を切った。

会話が聞こえたわけではないけれど、沙良の相槌《あいづち》から、目黒が心配している雰囲気が伝わり、澪はなぜだか少しほっとする。

沙良は携帯をポケットに仕舞うと、一度ゆっくりと深呼吸をした。

「新垣さん。……明朝九時になったら、行きたいところがあります。できればお付き合いいただけませんか。……試験は八時までの約束ですし、それで失格ならば仕方がありませんが……、私なりの結果を出して終えたいのです」

澪は黙って頷《うなず》く。

むしろ、沙良の真剣な目に見つめられると、頷く以外の選択肢を選べなかった。

すると、そのとき、ふいに背後から溜《た》め息が響く。

「……でも、部長さんにはなんて報告すんの？」

振り返ると、上から澪たちを見下ろす晃と伊原の姿。晃は呆《あき》れた口調でそう言いながら、澪たちに追いつくと肩をすくめた。

「そ、そうだ、報告……。どうしよう……」

確かに、八時になれば結果報告をしなければならない。しかし、澪には、延長に至った経緯を上手《うま》く説明できる気がしなかった。

すると、晃は黙って少し考え、それから沙良に視線を向ける。

「……ってか、さっきの会話が少し聞こえてたんだけど、九時になったら行きたい場所って、さしずめさっきの生き霊の本体の居場所でしょ？」

晃の問いに、沙良は携帯を取り出してメールアプリを開いた。

さっき目黒に要求していた詳細がすでに届いていたのだろう、新着メールを一読し、こくりと頷く。

「はい。ちなみに、名を森本梨香子《もりもとりかこ》さんとおっしゃるそうです。予想通りご存命ですが、両足に軽度の後遺症が残っているとのことです。目黒の情報では、リハビリのため町田市内の病院に通院されているのだとか。……今はお仕事をなさっていないようで、毎日通われているとのことですが……、もう一年以上になるというのに、経過は思わしくないようです」

「いや、詳しすぎない……？　どこから仕入れんの、そんないち個人のリハビリの経過まで」

「……詳細は申し上げられませんが、医療機関をはじめ記録が残る場所に出入りされている方の情報でしたら、とくに難しくはありません」

「いや、怖すぎるんだけど」

晃の疑問はもっともだが、澪はそれ以上に、一年以上も毎日リハビリに通っていながら経過が思わしくないという内容に引っかかっていた。

勝手な想像だが、あまり治療に積極的でないような印象を受ける。

それに、一度は死を覚悟した女性がどんな気持ちで今を過ごしているのか、想像すると胸が苦しい。

すると、晃が澪の背中にぽんと触れ、あっけらかんと笑った。

「もうさ、部長さんへの報告は、『もう少しでわかりそうだから試験は延長しまーす』でいいんじゃん？　説明するとめちゃくちゃ長くなるし、どうせ反対されるし。……一方的に報告投げたらあとは無視しよ」

「え……、っていうか……、晃くんは反対しないの……？」

「反対もなにも、延長した試験が有効かどうかは部長さん判断だし、僕は澪ちゃんに付き合うだけだよ。澪ちゃんのことだから、試験がどうあれ、どうせ森本さんって人のことが気になってるでしょ？」

どうやら、澪の気持ちは見透かされているらしい。

澪は頷き、沙良を見つめる。

「……晃くんが言ったように、試験結果については私たちには意見できないけど……、それでもいい？」

「ええ。もちろんです。さっきも申し上げた通り、今は採用への執着心だけで動いているわけではありませんから。知ってしまったことを放置して帰れないという気持ちからです」

「そっか。……じゃあ、朝になったらその病院に……、って、まだかなり時間があるね……」

携帯を見ると、時刻は三時前。ここにはもう用がないけれど、一旦《いったん》帰るのはあまりに非効率な時間だった。

「……このまま泊まっちゃおうか。まだ十分寝れるし」

そう言うと、晃は楽しげに笑みを浮かべる。

「まじ？　もうカメラの位置は動かしてもいいんだよね？　僕は外にいるっていう浮遊霊の撮影でもしてようかな」

「そんなの、なんに使うの……？」

「サイトをずっと放ったらかしにしてるから、たまには常連さんを喜ばせてあげようかなと。調査の映像を使ったら部長さんに怒られるけど、プライベートで撮ったものなら別にいいでしょ？」

「でも、不法侵入だって思われないようにしてね……？　建物の中は駄目だよ？」

「僕がそんなヘマするわけないじゃん」

相変わらずな晃に、澪はやれやれと肩をすくめる。ただ、晃が意気揚々とする一方で、伊原は顔を引き攣《つ》らせていた。

「と、泊まんの……？　やばいって……。まだなにか出るかもしれないじゃん……」

「危険な霊はいないと思うので、大丈夫ですよ。心配だったら、結界の中にいてくれて大丈夫ですし」

「いやいや……、そういう問題じゃないって……。どうかしてるって……。ねえお嬢様……？」

「そうですね……、椅子や床で寝るのがお嫌でしたら、二、三階の個室にはベッドが残ってましたが」

「いや全然違います……。一番違います……」

こてんと首をかしげる沙良に、澪は思わず笑う。

そして、カメラを設置しに行った晃以外で一階の大部屋に戻ると、澪はひとまず椅子に座り、大きく伸びをした。

予想外のことばかりが起こりすぎたせいで、今も頭の中は混沌《こんとん》としている。

そして、生き霊だと知りながらここを試験会場に決めた次郎に対しても、複雑な感情が拭《ぬぐ》えなかった。

もちろん、次郎の意図は理解している。この試験は、断る口実でしかないのだと。

ただ、次郎にしては、少しツメが甘すぎるような気がしてならなかった。沙良の霊感の強さに気付いていながら、生き霊だとバレないなんてどうして思えたのだろうと。

もっと言えば、本気で断りたいのなら、すぐに感情移入してしまう澪を同行させず、沙良に一人で受けさせた上で、次郎が監視した方がよかったのではと思えてならない。

会場が広すぎるからと言った次郎の言葉になんの疑問も持たなかったけれど、今となってはそれすらも少し不自然な気がした。

とはいえ、今はどんなに考えても釈然とする気がせず、澪はテーブルに顔を伏せる。

すると、ふわりとマメが現れ、澪の膝《ひざ》に乗って丸くなった。

「マメ……、なんか、モヤモヤする……」

つい不安を溢《こぼ》すと、マメは耳をぴくりと動かし、片目を薄く開ける。しかし、すぐに気持ちよさそうにお腹を上下させはじめた。

「リラックスしてるし……」

澪はマメに倣って考えるのをやめ、そのままいつの間にか眠ってしまっていた。


翌朝、澪たちは森本梨香子が通っているという病院へ向かった。

そこは大きな整形外科で、案内通りにリハビリ専門病棟へ向かうと、受付がはじまってまだ間もないというのにすでに多くの利用者がいた。

もちろん、どれが当人かはわからない。

ただ、人を探しているなんて言っても怪しまれるに決まっているし、どうやって接触すればいいのかは大きな問題だった。

しかし、沙良は躊躇《ためら》いもなく受付に行き、ほんの二、三の言葉を交わして戻ってくると、窓際のベンチに座る女性の方に顔を向け、あっさりと「あの方だそうです」と言った。

さらに、唖然《あぜん》とする澪たちを他所《よそ》に、そのままの勢いで梨香子の方へ向かっていく。

「……あの子の父親の顔がきいたのか、目黒って人がなにかしたのかわかんないけどさ……、権力者の娘ってもはやチートだよね……」

晃の呟《つぶや》きに、澪も伊原も同時に頷《うなず》いた。

「っていうか……、すごい勢いで行っちゃったけど、森本さんになにを言う気なんだろう……」

「さあ。生き霊出すのやめてください、とか？」

「ちょっ……、一旦止めた方が……！」

普通なら考えられない言葉だが、正直、沙良なら言いかねないと澪は思った。しかし、慌てて後を追おうとした澪の腕を晃が摑《つか》む。

「駄目だって。宮川さんにとってはこれも試験の一環でしょ？」

「そうだけど、でも森本さんには試験のことなんて関係ないし、もし変なこと言っちゃったら……」

「じゃあ、変なこと言いだしたら止めようよ。それまでは近くで見てた方がいいんじゃない？」

「……そ、そっか……」

晃に宥《なだ》められながら、澪は、すぐに勢いのまま動いてしまう自分を反省した。確かに、澪が今割って入っては、強引に延長した意味がなくなってしまう。

ただ、澪がやたらと焦ってしまう理由は他にもあった。

というのも、八時に次郎に延長する旨を一方的に連絡して以来、もう三度も着信が入っている。澪は、その電話に応答せず適当なメールで誤魔化し続けていた。

すべてを終えた後で連絡するつもりだったけれど、次郎は澪の想像以上にこっちを気にかけているらしい。

そうこうしている間にも、ふたたび携帯が着信を知らせた。

澪はそろそろ限界だと思いつつもそれを無視し、もはや半分ヤケになりながら「どうかもう一時間お待ちください」とメールを送りつけて携帯を仕舞う。

「だ、駄目だ……。きっとすごくイライラしてるし、どんな結果になろうとこの試験で認めてもらえる気がしない……！」

澪は動揺を抑えられず、がっくりと項垂《うなだ》れる。一方、一睡もできなかったという伊原はどこか達観した様子で、澪の肩に触れた。

「まあまあ……、駄目元は承知であがいてるわけだしさ。澪ちゃんはほんと、よく協力してくれたよ……、ほんと、ありがと……」

「い、いえ……、というか、伊原さんすごい隈《くま》ですね……。結界の中にいたのに、眠れなかったんですか……？」

「多大な感謝をしている一方、君が張った結界はあまり信用できず……」

「…………」

勝手に来ておいて遠慮のない伊原に絶句しつつも、お陰で澪の焦りは少し落ち着いていた。

そんな中、沙良は梨香子が座っているベンチまで歩くと、迷いなく横に腰を下ろす。

――そして。

「はじめまして。宮川沙良と申します」

いきなりの自己紹介に、驚いたのは梨香子だけではない。少し離れて様子を窺《うかが》っていた澪たちも、その大胆な行動に言葉を失った。

梨香子はわかりやすく警戒を滲《にじ》ませ、沙良をじっと見つめる。

しかし、沙良は一切怯《ひる》むことなく、さらに言葉を続けた。

「実は私には霊感がありまして、まちだふれあいホームで森本さんの生き霊をお見かけし、諸般の事情と純粋な心配から、あなたの元を訪ねました」

澪の顔から、一気に血の気が引いた。

「ちょっと宮……」

「澪ちゃん」

反射的に口を挟もうとした瞬間、背後から晃が澪の口を塞《ふさ》ぐ。抗議の視線を向けると、晃は唇の前に人差し指を立て、楽しそうに笑った。

「まわりくどい説明の方が嘘くさいって。大丈夫大丈夫、宮川さんって意外と散々な目に遭ってるみたいだし、ちゃんと『諸般の事情と純粋な心配から』って言ってたじゃん。目的のために無下に傷付けたりしないよ」

そうは言っても、やはり晃は面白がっているように見えた。

現に、梨香子は明らかに引いている。

「……な、なんですか……？　霊感商法かなにか……？　私は仕事をしていないのでお金なんてありませんし、声かけても無駄ですけど……」

「いえ、そういった目的ではありませんので、どうかご安心ください。……以前のお仕事は、介護士でしたよね。まちだふれあいホームでお見かけしたあなたの姿は大変お疲れの様子でしたが、今はきちんと休めていらっしゃいますか？」

「は……？」

「手先は酷《ひど》く荒れ、血も滲んでいました。……失礼ながら、今よりもずいぶんお痩《や》せになっていたようにも思います」

「……」

関わるべきでないと判断したのか、梨香子はベンチに立てかけていた松葉《まつば》杖《づえ》を手にし、立ち上がろうとした。

けれど、沙良は慌てることなく、さらに言葉を続ける。

「私の父は高齢です。再婚を控えていますし、本人はまだまだ現役だと言っていますが、あくまで秘書という名目で、こっそり専属の介護士さんについていただいています。……もはや、介護士さんなしに当たり前の生活を送るのは難しいでしょう。最近はもう父と会うことは減りましたが、父の介助をする介護士さんの姿を見ながら、とても責任の重い大変なお仕事だと、簡単な決意ではとてもできないだろうと、常々感じていました」

「あの……、なんの話ですか？」

「……そんな壮絶なお仕事から距離を置かれて、……今は純粋に、ほっと息をつけていますか……？　そうであればよいなと思いまして」

一瞬、梨香子の瞳《ひとみ》が揺れた。

表情にはまだ強い警戒が滲んでいるが、少し、動揺しているようにも見える。

「そんなの、あなたに関係ないですよね……」

「ええ。もちろん余計なお節介であることは承知です。……ただ、もしあなたが今も苦しんでいらっしゃるなら、なんらかのキッカケになればと思い」

「苦しんでるって……、なにからですか……？」

「たとえば、――夢の中で自殺を繰り返しているとか」

その瞬間、梨香子の両手が大きく震えはじめた。

松葉杖が手から離れ、大きな音を立てて床に落下する。たちまち周囲の視線を浴びたけれど、沙良はいたって落ち着いた様子で梨香子の体を支え、ふたたびベンチに座らせた。――そして。

「やはり、夢の中で繰り返されていたのですね。……私の母もそうでした」

「…………」

「さぞかし苦しい日々を送られているのでしょう。……ですが、大丈夫です。勝手なことをとお思いでしょうが、どうかご自身を責めないでください」

口調は相変わらず淡々としているが、沙良の声は不思議と心に優しく響く。

梨香子とは初対面だというのに、口先だけの慰めに聞こえないのは、おそらく、沙良が母親の経験と重ねているからだろうと澪は思った。

梨香子は両手で顔を覆い、華奢《きゃしゃ》な体を震わせている。

沙良はその背中をそっと摩《さす》り、しばらく寄り添っていた。――そして。

「……飛び降りたときの私は、正気じゃなかったんです」

突如、梨香子が小さな声で語りはじめた。

「ええ。……そのように見えました。さぞかしお忙しかったのでしょうね」

しかし、梨香子は沙良を見つめ、はっきりと首を横に振る。そして、声を震わせながら、衝撃的な言葉を口にした。

「……いえ。忙しさなんて瑣末《さまつ》なことです。……あそこは、地獄でした」

突如出てきた不穏な言葉に、澪は思わず息を呑《の》む。

「なんか、やな感じするね」

背後で晃がこっそりと呟《つぶや》いた。

実際、それから梨香子がぽつりぽつりと語り出した内容は、想像を絶する過酷な内容だった。

「私は、酷いいじめを受けていました。……まちだふれあいホームに勤め、半年程が経った頃からです――」

梨香子の話によると、まちだふれあいホームで働きはじめた頃、周りの介護士は皆ベテランばかりだったという。

すでに人間関係が出来上がっている中、ひとり新人だった梨香子はなんとか馴染《なじ》もうと必死で、先輩たちの機嫌を窺ううちに、徐々に仕事を押し付けられるようになっていったらしい。

日々業務は増える一方で、疲労がどんどん溜《た》まり、オーナーも偏った仕事量に気付くことはなく、梨香子は断れない自分が悪いのだとずっと我慢していた。

ただ、そんな過酷な状況でも、入居者たちは皆梨香子に優しく、孫のように可愛がってくれ、それだけが支えだったという。

しかし、ついに疲れがピークに達したある日、梨香子は、介助中に入居者をベッドから転落させてしまう。

幸い入居者に怪我はなく、大事に至らずに済んだものの、それは、オーナーが梨香子の業務量に気付くキッカケとなった。

そして、オーナーによって現状がすべて精査された上で、梨香子の業務量は大幅に減ったのだという。

ただ、先輩たちの怒りを買ったことはわかっていたし、相当な嫌味を言われることも覚悟していた——けれど。それ以降、先輩たちは逆に気味が悪い程、なにも言ってこなかったらしい。

事件が起きたのは、そんなある日のこと。

担当から外されてしまった、九十歳の三《み》浦《うら》治子《はるこ》という認知症の入居者の体調不良が続いていると知り、梨香子はつい気になって、休みの日の夜に治子の元を訪れた。

しかし、戸を開けようとした瞬間、中から聞こえてきたのは先輩の声。

その先輩は、仕事を梨香子に押し付けていた主犯格であり、オーナーに気付かれたとき、かなり厳しく注意を受けたという噂を梨香子も耳にしていた。

梨香子は嫌な予感を覚え、こっそりと中を覗《のぞ》く。——すると、目にしたのは、先輩が治子の髪を引っ張り暴言を吐く、衝撃的な光景だった。

先輩は、梨香子を恨めと、あいつがミスしたせいで仕事が増えて手が回らないのだと、抵抗できない治子に対してひたすら理不尽な怒りをぶつけていた。

梨香子は慌てて部屋に飛び込み治子を庇《かば》うが、あっさりと先輩に床に押さえつけられ、浴びせられたのは、「今度オーナーに余計なことを言ったら殺す」という脅し文句。

「――それ以降の記憶が曖昧《あいまい》なんです。……先輩の常軌を逸した目と、すすり泣く治子さんの声ははっきりと覚えているけど……、気付いたときには病院にいました。自殺を図ったのだと聞かされたときは、まるで他人事《ひとごと》のように感じていたのに、それから、毎日夢で見るようになったんです。……治子さんの部屋での光景と、覚えていないはずの、自分が屋上から飛び降りる瞬間を」

　梨香子はそこまで語ると、一度言葉を止めた。

　あまりに酷い内容に、澪は感情が整理できなかった。恐怖や同情はもちろん、全身が冷え固まるような憤りが抑えられない。

「それは……、本当に大変なことを経験されましたね……」

　そう言う沙良の声も、少し震えていた。

　すると、梨香子はふたたび言葉を続ける。

「……記憶は曖昧ですが、あのときの私は、すべてから逃げたくて咄嗟《とっさ》に死を選んだんだと思います。……けれど、この通り、死ねませんでした。逃げ出した上に死ねず、責任だけを放棄して、……なんだか、とても無駄に生き長らえてしまったような気がしています」

　梨香子の目は、その言葉を象徴しているかのようになんの感情も映していない。

　澪はふと、既視感を覚えた。梨香子の目は、自分は無意味な人間だと淡々と口にしたときの沙良の目と、少し似ている。

内容は違えど、二人が受けた傷はもしかすると少し似ているのかもしれないと澪は思った。

沙良もそう感じていたのか、一瞬、過去に思いを馳《は》せるように遠い目をした後、梨香子の手を強く握る。

「……その後、施設は閉所したと聞いていますが」

「はい。……私の事故を機に、国民健康保険団体連合会の調査が入ったようです。私はすでに退職していたので詳細は知りませんが、その後しばらくして閉所が決まりました。……結局、私は入居者さんたちの居場所まで奪ってしまったんです。……本当に、どうして死ねなかったんだろう。何度も飛び降りる夢を見るのは、無意味に生きていることが虚《むな》しいという気持ちの表れかもしれません……。生きていたって、誰にも合わせる顔がないから……、だから——」

「本当に、そうでしょうか」

ふいに、沙良が言葉を遮った。

梨香子は驚き、沙良を見つめる。

「……合わせる顔がないなんてこと、あるでしょうか。入居者さんたちの居場所を奪ったとおっしゃいましたが、そもそも入居者さんたちは、本当にそこにいて幸せだったのでしょうか」

「……でも、まちだふれあいホームは比較的安価で入居待ちもすごく長かったんです。皆さん待ち望んで入られた方ばかりでしたし……」

「私はあまり詳しくありませんが、介護施設への入居は金銭的な負担も大きいのでしょうから、ご家族の意見としてならばそれは理解できます。しかし、介護士の自殺未遂に続き、専門機関による調査、挙句の閉所となれば、内部になにか問題があったのだろうとご家族は察するでしょう。ですから、むしろ大切な身内になんらかの被害が及ぶ前に知れてよかったと思われているのでは」

「でも、そもそも私が働かなければこんなことには……」

「私は性善説を信じませんので、最低な人間は一定いると思っています。ですので、あなただったからいじめを受けたわけではなく、おそらく人員が補塡《ほてん》されるたび同じことが起こっていたと私は思います」

沙良が梨香子の言葉を片っ端から否定していくたび、梨香子は明らかに戸惑っていた。しかし、空虚だった目に少しずつ光が宿っていく様子を、澪は見逃さなかった。

「だ、だけど……、私はあのとき、治子さんを助けてあげることすら……。無意識とはいえ自殺を選んだのは、とにかく解放されたいっていう自分勝手な気持ちがあったからで……」

「先に言いますが、あなたの選んだ自殺という方法は絶対に正解ではないと私は思っています。……ただ、結果的に、あなたの行動がきっかけとなり治子さんの環境が変わったのは事実です。今どんな生活を送られているのかご心配なら、後悔ばかりしていないで会いに行くべきでは」

「会いにって……、でも、連絡先なんて……」

「そんなものは、私が一分でお調べして差し上げます」

ついに、梨香子は口を噤《つぐ》んだ。しかし、その表情は、最初に見たときとは別人のように血色が戻っていた。

沙良はポケットから携帯を取り出し、梨香子に微笑む。

「ただ、会いにいくのなら、もっと元気な姿をお見せした方がいいかもしれませんね。……折角リハビリに通っても、ベンチでぼんやりしていたのでは治るものも治りませんよ」

「…………」

「……もしもし。……目黒、もう一つ調べていただきたいことがあります」

唐突に電話をかけはじめた沙良を、梨香子はただ呆然《ぼうぜん》と見つめていた。

しかし、突如、その目からボロボロと大粒の涙を零《こぼ》す。

沙良は通話をしながら梨香子にハンカチを差し出し、一旦《いったん》携帯を手で塞《ふさ》ぐと、ふたたび梨香子に笑いかけた。

「あなたは感謝されるべき、優しい人です。決して無駄に生かされているわけではありません。……私とは、違います」

「え……？」

「すみません、さっきは一分と言いましたが、もう三分程お待ちいただけますか。……目黒がグズグズしており」

「そ、そんな……」

　声のかけ方や会話の内容、そして独特な情報の集め方まで、沙良の言動はなにもかもが一般とはかなりズレている。ただ、澪は、憑《つ》き物が取れたかのような梨香子の表情を見て、もう大丈夫そうだと確信していた。

　ふと横を見れば伊原が号泣していて、澪はやれやれと溜《た》め息をつく。

「ある意味すごい子ですね、宮川さんって」

「そうなんだよ……、誤解を受けやすいけど、本当に純粋でまっすぐで……」

「だから、なんでおじさんが泣くの」

　すっかり呆《あき》れる晃に、澪は思わず笑う。

　心は不思議と晴れやかだった。


　病院を後にした澪たちは、全員で駅へ向かいながら、迎えが来るという沙良に付き添っていた。

　伊原はついに限界を迎えたのか、ベンチに座るやいなや寝息を立てはじめる。

　澪や晃もさすがに疲労困憊《こんぱい》だったけれど、沙良だけは一切の疲れを見せず、背筋を伸ばしてベンチに座る姿はまるで人形のようだった。

　そんなアンバランスな四人は、往来の多い駅ではやたらと視線を浴びた。ただ、幸い通勤時間のピークは過ぎていたし、そもそもそんなことを気にする余裕は誰にも残っていなかった。

「宮川さん、試験の結果は少し待ってね……。っていうか、結果云々《うんぬん》の前に、報告した時点でこっちもひと波乱ありそうだし……」

　ついに晃までウトウトしはじめた頃、澪がそう伝えると、沙良はゆっくりと首を横に振った。

「私の我儘《わがまま》で勝手な行動をし、新垣さんたちに負担がかかってしまったことをとても申し訳なく思っています。……長崎さんに叱られてしまったら、本当にごめんなさい」

「……いいよ、こっちのことなんて。……それに、結果的に、全部正しかったって思ってるから」

「正しかった、ですか……？」

「うん」

　頷《うなず》くと、沙良はこてんと首をかしげる。その表情を見て、この子は本当になにもわかっていないのだと、澪は呆れて思わず笑った。

「まあ……、もちろんかなりハラハラしたんだけど……、森本さんも、あれだけ直接的な言葉で卑屈な気持ちを全部否定してもらったら、さぞかしスッキリしただろうなって思ったよ。……私だったら、とてもあんなふうに言ってあげられないもの」

「それは、新垣さんが大人で、余計な私情を挟まないからです。私はいつの間にか森本さんと自分を重ねてしまって、……むしろ、嫉妬《しっと》すらしました」

「嫉妬？」

「人を思ってあんなにも打ちのめされ、無力さを悔やんで……。彼女は元来、人に必要とされるに値する素晴らしい方なのだと、すぐにわかりました。話を聞けば聞く程、彼女に感謝する人たちの顔が見えるかのようでしたから。無駄に生かされているなんて、大きな勘違いです。私はただ腹が立ち、その認識を正したかっただけです」

「ふふっ……」

眉《まゆ》を顰《ひそ》める沙良を見て、澪は思わず笑ってしまった。

沙良はポカンと澪を見つめる。

「あの……、私はなにか笑われるようなことを……」

「ご、ごめん……。自分のことって、案外わかんないものなんだなって思って」

「え……？」

なんて不器用で可愛い人なのだろうと、澪は思った。

「森本さんはきっとリハビリを頑張るだろうし、近々治子さんに再会して、もしかしたら、いずれは介護の仕事に復帰するかもしれないよね。それで、楽しいことがあるたび、宮川さんに感謝すると思う。……これから先もずっと、あなたがいてくれてよかったって、思うんじゃないかな」

　ふいに、沙良が目を見開く。

「……宮川さんは自分で気付いてないだけで、たくさんの人に感謝されてると思う。一日一緒にいて、そう思ったよ」

「……私は、そんなに都合よく考えることなんて……」

「少なくとも、私は感謝してる。今日、宮川さんがいてくれてよかったって心から思う。あなたの存在は、ちゃんと意味があるよ。……誰がなんと言おうと、私が断言する」

　そう言った瞬間、沙良の大きな目からボロボロと涙が溢《あふ》れた。

　そして、慌ててハンカチを出そうとする澪に、勢いよく抱きつく。

「ちょっ……」

「クリーニング代はお出ししますから、どうかこのまま泣かせてください」

「は……？　クリーニング……？　なに言ってんの……？」

「そんなこと、初めて言われました。……私の存在に意味があるなんて」

「い、いや……、あえて言わないだけでみんな思ってるんだって……」

「いいえ。……ですが、一度でいいからそういうふうに言われてみたいという私の望みは叶《かな》いました。……私は、一生あなたに尽くします」

「い、一生？　ちょっと大袈裟《おおげさ》……ってか意外と力が強……」

　困惑する澪の横で、寝ていたはずの晃が笑う。

澪は晃の袖《そで》を引っ張り、助けを求めた。

「起きてるなら助けてよ……！　く、苦し……！」

「うける。また変なのに懐かれてるし」

「感心してる場合じゃないから……！」

「人に抱き付いたことないから、加減を知らないんじゃん？」

「あ……、なんか今肋骨《ろっこつ》から変な音した……」

「……嘘でしょ」

結局、澪がどれだけ騒ごうとも、沙良は迎えが到着するまで澪から離れなかった。

しかし、黒塗りの物々しい車が道路に横付けした瞬間、かなり渋々といった様子で立ち上がり、澪に深くお辞儀をした。

顔を上げた瞬間に見せた笑顔は、これまでの思い詰めた表情が嘘のように晴れやかだった。

「……新垣さん、どうかお元気で」

「大袈裟。会おうと思えばいつでも会えるよ」

「本当ですね。録音させていただきました」

「え、怖い」

微妙にキャラが変わった沙良に困惑したものの、正直、澪も少し寂しさを覚えていた。

やがて、沙良を乗せた車はすぐに発進し、あっという間に遠ざかっていく。

いつまでも目で追う澪の背中を、晃がぽんと叩《たた》いた。

「……澪ちゃんまで情が移ったの？」

「移った」

「即答だし」

「……なんか、放っておけないんだもの」

「出た出た悪い癖」

なんと言われようとも、放っておけないという言葉が今の気持ちのすべてだった。

そして、そのときの澪の心の中には、小さな決意が生まれていた。

＊

「――いなくなってますよね……？　生き霊……」

「そう焦るな」

週明け、澪は次郎と共にふたたび試験会場である元まちだふれあいホームの建物を訪れた。

理由は言うまでもなく、試験のその後を確認するため。

ちなみに、強引に延長した試験を終えた土曜、昼前になってようやく次郎に状況報告をしたところ、覚悟していたとはいえ、過去にない程に長々と小言を言われた。

ただ、次郎も生き霊だと知って試験会場に設定した後ろめたさからか、その場で不採用を言い渡すという一番恐れていた事態だけは免れることができた。

それどころか、週明けに結果を確認しに行くと言いだし、今に至る。

次郎は注意深く建物の中を確認し、最後に屋上へ出ると、腕を組んで考え込んだ。

「確かに、気配はない」

「てことは……、つまり、ですね……、一応課題はクリアしちゃったっていう……」

沙良と別れた日、澪の心に生まれた決意とは、沙良の採用の手助けをすること。

もちろん、ただの同情心からではない。澪は、沙良の霊感と行動力を認めた上で、一緒に働きたいと望んでいた。

「そういえば、お前はすっかり宮川沙良にほだされたらしいな」

「えっ……！　そ、そんなこと、誰が……！」

「溝口が」

「…………」

どうやら思惑はバレているらしいと、澪はがっくりと肩を落とす。

ただ、澪にも言い分はあった。

「……じゃあ言いますけど……、そもそも生き霊だって気付かれちゃったんだから、多少の予定変更は仕方がないじゃないですか……。宮川さんにバレて、万が一にも採用する気がないんですねって言われたとき、私がどれだけ居た堪《たま》れなかったか理解してくださいよ……。ってか、試験の日にも思いましたけど、次郎さんにしては少し油断した計画でしたよね……？　次郎さんは、宮川さんの霊感の強さを認めていたんだから、バレる可能性だって十分に考えられたでしょうに。……逆に傷付きますよ、あんなことされたら」

愚痴のような言い方になってしまったけれど、それはすべて澪の本心だった。

しかし、次郎に少しも悪びれる様子はない。

「確かに、最初から人の言葉に一切聞く耳を持たない頑固な霊をぶつけていれば、部下が一方的に延長すると言い出したっきり連絡が取れなくなるなんてこともなかっただろうしな」

「い、いや、だからそれは謝ったじゃないですか。……ってか、今はその話じゃなくて……」

いまひとつ会話が嚙《か》み合わず、澪はもどかしさを覚える。

正直、澪は、次郎が生き霊で試験をやり過ごそうとしていたなんて信じたくなかったし、できれば否定してほしかった。

いまだに次郎の考えはほとんどわからないが、あくまで澪の思う次郎は、どんなにそっけなくしていても、目の前の物事には真摯《しんし》に向き合う人だと思っている。

澪がじっと見つめると、次郎は屋上から梨香子の落下現場を見下ろしながら、溜《た》め息をついた。

「……生き霊は、残留思念と似てる」

「え……？」

「リアムのホテルでお前を狙った奴だ」

「ああ……、そういえば、生き霊を視《み》たとき私も確かにそう思いました。両方とも、強い感情だけが切り離されたものですもんね。……とはいえ、私にははっきり判別できませんけど。……霊とはなんとなく気配が違うなってくらいで」

「……俺もそうだ。むしろ、お前より酷《ひど》い。まったく視えないときすらある」

「言われてみれば、リアムのホテルのときも次郎さんには視えなかっ……」

言いかけて、ふと頭を過《よぎ》る小さな予感。

まさかと思いながら見上げると、次郎は小さく頷《うなず》いた。

「第六に人は足りてる。が、万が一にも採用しないとは思ってない。……むしろ、欲しい人材の条件が明確にある」

「……それって……」

続きは、聞くまでもなかった。

次郎の唯一の弱点は、残留思念の気配に鈍いこと。

「それをカバーできる人物なら、使いようがある」

「つ、つまり……」

「……家柄がこれ以上ないくらい面倒そうなのは問題だが……、ひとまず試用期間としてなら――」

「ありがとうございます……！」

　次郎がすべてを言い終えないうちに、澪は感情が昂《たかぶ》り思わず大声を出した。

「騒ぐな……。ひとまず、採用の連絡はお前からしろ。ただ、試用期間だってことと、特別扱いはしないこと、あと、万が一あいつの家から妙な圧力でもかかろうものなら、即辞めてもらうことを重々念押ししておけよ」

「わかりました！」

　九割九分無理だと思っていた澪は、まさかの展開に高揚した。

　そして、それ以上に、生き霊が出る場所を試験会場にしたのは考えがあってのことだったと知り、心からほっとしていた。

「喜ぶだろうなぁ……」

「……しばらくは雑用だぞ」

「それでも嬉《うれ》しいと思います。だって、自分自身が認められるって嬉しいじゃないですか。とくに、宮川さんは自分のことを、親や環境だけで成り立ってるみたいな言い方してましたし」

「親も環境もひっくるめての自分だろ。……切り離して考える方が不自然だ」

「そりゃ、そうなんですけど……。沙良さんは自分自身の価値を見失ってるみたいだったから、切り離した上で認められたいんですよ」

「どんなに聞いても拗《こじ》らせてるとしか思えない。とにかく、お前が面倒見ろよ。なにかあったら連帯責任だぞ」

「れ、連帯責任……？」

「当然だ。——後輩だろ」

次郎がサラリと口にした「後輩」という言葉に、澪は一瞬硬直した。同時に、心に中に、経験のない甘酸っぱい感情が広がっていく。

「後輩……？ってことは……、私は先輩ということでしょうか……」

「……は？」

「せ、先輩……。私が……」

「……お前、簡単だな」

「すごい、破壊力……」

「いいから帰るぞ」

次郎は呆《あき》れて屋上を後にし、澪は慌ててその後を追いかけた。

気持ちを切り替えたくとも、心の中に生まれたふわふわした高揚感がなかなか収まってくれない。

ただ、それは決して甘いだけではなかった。

先輩として頼ってもらえるようにならなければと、澪の心には、新たな決意が生まれていた。

第二章

「――先輩。畏《おそ》れ多くも、澪先輩とお呼びしてもよろしいでしょうか」

「みっ……、澪、先輩……？　す、すごい……、怖いくらいやる気が湧き上がってくる……！」

沙良は、晴れて第六に入社することになった。

澪が電話で連絡をしたとき、沙良はよほど意外だったのかしばらく言葉を失い、その後、しゃくり上げながら「頑張ります」と言った。

澪を囲う個性的な面々の中でも群を抜いた変わり者で、ツッコミどころも多く、初出勤の日には気合の入った純白のスーツで現れるというズレっぷりだが、その、手探りながらも沙良なりに必死に生きている感じが澪にとっては逆に可愛く、なんだか憎めなかった。

そんな沙良は、朝一に牧田や次郎との面談を終えると、澪の元にやってきて深々と頭を下げ、先のセリフに至る。

「お二人はこれから吉原不動産へ向かうとのことで、長崎さんより、今日は澪先輩のご指示に従うようにと言われました。ただ、私は採用のご連絡を戴《いただ》いた瞬間から、すでに澪先輩の為ならばどんなことでもさせていただく覚悟ができています。どうか、思うままにお申し付けいただき、便利にお使いください」

「……あ、ありがとう……。じゃあ早速だけど、後輩っていうものをだいぶ勘違いしてるみたいだから、認識を正してもらってもいいかな……」

「勘違い、ですか……？」

「うん。その言い方じゃ、後輩っていうより奴隷だもの。私のためになんでもする覚悟なんていらないから、一緒に頑張ろうよ。これから仲良くしようね。あ、私も下の名前で呼んでもいい？」

「…………」

「……駄目？」

「いえ、感動のあまり、言葉を失いました」

早速、いろいろと大変そうな予感が込み上げるものの、それでも澪にとっては後輩ができたという高揚感の方がずっと勝っていた。

ちなみに、沙良が使うデスクは、これまで空いていた澪の真後ろ。澪はまだなにもないデスクに沙良を案内すると、沙良へ支給されたパソコンを開く。

「今日はまずパソコンのセットアップをしてもらうね。っていっても、ネットワークとかの最低限の設定は晃くんが事前にやってくれてるから、社内ツールの利用登録をするだけなんだけど、少しややこしくて。メールでマニュアルを送ってるからそれを見てもらって、もしわかんないことがあったら聞いて」

「了解しました」

「その後は仕事の説明をするから、私は参考になりそうな過去の調査をいくつか集めておくね」

「お手数をおかけします」

人形のように可愛いらしい顔で真っ白のスーツを身に纏《まと》い、姿勢よくパソコンの前に座る沙良の姿は、一流企業の受付か、もしくは社長秘書さながらだった。

澪はつい見惚《みと》れそうになり、慌てて自分のパソコンに視線を戻す。

ただ、後輩ができたことに加えて、午前は一人で過ごすことの多かった澪にとって、後ろに人の気配があるのはなんだか新鮮で、ついつい心が浮ついてしまった。

「澪先輩」

「は、はい！」

「マニュアルに別紙参照とあるのですが、別紙が添付されていないようです」

「あ……、ご、ごめん。すぐ送るね」

「ありがとうございます、澪先輩」

「い、いや、全然！」

いちいち過剰反応してしまう自分が情けなく、澪は頭を抱える。

すると、執務エリアの入り口から、よく知る笑い声が響いた。

「浮かれてる澪ちゃん面白いわー、ずっと見てられる」

そこに立っていたのは、晃。今も吉原不動産のシステム管理部と兼務している晃が、午前からオフィスにいることはあまりない。

まさか見られているとは思わず、澪は恥ずかしさに頭を抱えた。

「こ、晃くん……。言わないで、私だって先輩の威厳を保ちたいの」

「いや、威厳は無理。……ってか、澪ちゃんだって学生時代に先輩って呼ばれたことくらいあるでしょ」

「……ないよ。部活やサークルとは無縁な学生生活を送ってきたんだから」

「まぁ、確かにイメージにはないね。……ってか、宮川さんよろしく」

「こちらこそ、何卒《なにとぞ》よろしくお願いします」

晃はサラリと挨拶《あいさつ》を交わすと、自分のデスクに座る。

そもそも沙良の採用にあまり乗り気でないようだったけれど、決まってしまえばあっさりと受け入れるあたりがいかにも晃らしい。

「ってか、晃くん今日は早いね。シス管の方はいいの？」

「抜けてきた。さっき吉原不動産のエントランスでたまたま部長さんと会って、この後、伊原さんがやばそうな依頼を持ってくるって聞いたから」

「……やばそうな依頼？」

「超楽しみ」

晃はいつも通り喜んでいるが、澪は正直うんざりしていた。

仕事をくれるのはありがたいが、ようやく沙良の採用を巡るごたごたが落ち着いたばかりだというのに、また伊原絡みかと。

「高木さんがよかったな……」

「心の声が漏れてるよ」

「だっていつも大変なんだもの」

「でも、今日はアポ取ってるんだからまだマシじゃん？」

「それが普通だし」

反論したものの、確かに晃の言うことにも一理あった。最近の伊原は、電話で断られることを危惧《きぐ》してか、アポを取らずにいきなり現れるという強行も辞さない。

「ま、僕はすごい映像が撮れるなら、なんだっていいけど」

澪はやれやれと思いながら、ふたたびパソコンに向かう。――しかし、その瞬間、エントランスの戸が開く音が響いた。

「あ……、次郎さんが帰ってきたっぽい」

澪は手を止め、エントランスの方へ意識を向ける。しかし、次郎が執務エリアに入ってくる気配はなく、かすかに人の話し声が響いていた。

「一人じゃないっぽいね。伊原さんも一緒なんじゃん？」

「……ちょっと見てくる」

澪は立ち上がって、こっそりとエントランスを覗《のぞ》く。すると、そこには次郎と伊原と、もう一人、知らない男性がいた。

伊原はその男性をいそいそと応接室へ促す。

そして、後に続く次郎が澪を見て小さく肩をすくめた。

「澪、悪いがコーヒーを頼む」

「わ、わかりました……」

苦虫を噛《か》み潰《つぶ》したような次郎の表情を見る限り、伊原以外の者がやってくることは想定外だったのだろう。

おそらく、やってきた男は依頼者本人。

早速、面倒なことになる予感が頭を過《よぎ》る。

澪は執務エリアの沙良に手招きし、一緒に給湯室に入るとコーヒーメーカーの電源を入れた。

「お客さんにはコーヒーを出してるの。今後は沙良ちゃんにもお願いするかもしれないし、今日は一緒に準備しよう。まあ、コーヒーメーカーなんてどれもそう変わらないし、説明するまでもないんだけど……」

澪は給水タンクを取り外し、水を入れる。すると、沙良は興味深そうに澪の手元をまじまじと見つめた。

「この機械でコーヒーを淹《い》れるということですか？」

「うん？……コーヒーメーカー知らない？」

「ええ。……大学時代に缶やペットボトルのものなら経験しましたが、このような機械は……」

　そういえば沙良はとんでもない箱入りだったと、澪はふと思い出した。

　お目付役が付いているような子が、コーヒーメーカーを使って自らコーヒーを淹れる機会なんてあるはずがない。

　見たこともないという言葉にはさすがに驚いたが、ただ、目を輝かせながら真剣にコーヒーメーカーを観察する沙良はまるで幼い少女のようで、少し微笑ましくもあった。

「そ、そっか。放ったらかしで便利だから、私は家でも使ってるよ。この蓋《ふた》を開けて、フィルターとコーヒー豆を入れるだけだし、忙しい朝はすごくお勧め……って、沙良ちゃんには必要ないか」

「いえ、澪先輩が勧めてくださるのなら、今すぐ部屋に届けるよう目黒に言います」

「は？　い、いや、絶対いらな……」

「……目黒。コーヒーメーカーをひとつ、買っておいていただけますか」

「仕事早……」

　驚く程の素早さで目黒に電話をかける沙良に、さすがの澪も動揺する。そして、今度から安易な発言は控えようと心に誓った。

　それは、——少し風変わりな、けれどとても平和なひとときだった。

　このときの澪は、間もなくもっとも忌々しい男の名前を思い出すことになるなんて、夢にも思っていない。

「――私は、須川隆弘《すがわたかひろ》と申します。とても奇妙な出来事があり……、内容が少し煩雑なので、どうしても自分で説明したいと伊原さんに無理を言って連れてきていただきました」

　須川と名乗った依頼人は、伊原の知り合いという時点で言うまでもないが、見るからに成功者といった風体だった。

歳の頃は、四十歳前後。とても仕立ての良いスーツを身に着け、袖《そで》からは誰もが知る高級時計がチラリと覗いている。

　お金持ちにもいろいろなタイプがいるが、こうも全身でアピールするタイプは最近では少し珍しい。澪はつい勝手な先入観から身構えてしまったけれど、コーヒーを差し出したときに澪に向けた微笑みは、驚く程穏やかだった。

「煩雑とは？」

　一方、聞き返した次郎の表情は、わかりやすく曇っている。冒頭を聞いただけで、すでに面倒そうだと思っているのだろう。

　すると、須川はカバンのポケットから新聞記事の切り抜きを取り出し、次郎の前に置いた。

「先に、こちらを見ていただけますか」

澪が覗き込むと、最初に目に飛び込んできたのは「一家心中、小さな集落で二度目」といういかにも不穏な見出し。記事には、群馬の山間《やまあい》にある集落で、自宅に火をつけ一家心中を図ったという、一年前に起きた事件の詳細が綴《つづ》られていた。

亡くなったのは、年配の夫婦と、その息子。その名前を見た瞬間、澪は目を見開く。

「須川郁夫《いくお》さん……って」

「……ええ。死んだのは、私の両親と弟です」

「それは……、さぞかしお辛《つら》かったでしょうね……」

澪がそう言うと、須川は少し寂しげに目を伏せた。

「お気遣いありがとうございます。お陰さまで、ここ一年で気持ちは少しずつ癒《い》えてきました。……ただ、この心中には、納得いかないことがあまりに多すぎるんです」

「納得いかないこと……？」

「ええ。記事にもある通り、この集落で火事による心中事件がこれで二度目だったこともあり、警察によって捜査が行われました。しかし、その折、父が過去に精神不安定で通院していたという記録が出てきたんです。それにより、心神喪失して火を付けたのだと結論が出て、事件性はないと判断されました。……ですが、父が通院していたのは八年も前の話です。父は、もうとっくに立ち直っていました。もちろん、納得いかないことはそれだけじゃありません――」

須川の話によれば、両親は若い頃から農業一本で生計を立てていたらしい。

しかし、八年前に大きな台風が通過し、すべての畑が土砂で埋まり、再起不能となったことで、農業を廃業することを決意した。

須川の父が精神を病んでいたのは、その頃。常にぼんやりし、なにをするにも無気力で、いわゆる燃え尽き症候群のような症状がしばらく続いていたらしい。

当時の両親の生活を支えたのは、須川だった。

経営していた会社の業績が好調で、多忙を極めていたため会いにこそ行けなかったものの、十分な額の仕送りをし、二人のために旅行を手配したり、新たな趣味の提案をしたりと、元気を出してもらうためにできる限りのことをしたのだという。

その甲斐《かい》あってか、須川の父は年々気力を取り戻し、やがて写真という新たに熱中できる趣味を見つけ、少しずつ出掛けることが増えた。

父が撮った写真がたびたび送られてくるようになり、須川は、もう心配はなさそうだとすっかり安心していた。

だからこそ、――警察から唐突に両親と弟の死を聞かされたときは、寝耳に水だったと須川は話す。

「……心中なんて到底納得がいきません。それに、百歩譲って心神喪失云々《うんぬん》を受け入れたとしても、弟まで巻き込むのはおかしい。……東京でジャーナリストをしていた弟を父は誇りに思っていましたし、事件の当日、弟は両親の様子を見るためたまたま帰省していただけなんです。……絶対にあり得ないんですよ、そんなこと」

須川は手を強く握っていた。きっと、悔しくてたまらないのだろう。

確かに、須川の話が本当ならば、心中は少し唐突すぎるように思えた。ただ、現時点では、第六にどうにかできる案件ではない。

「……で、奇妙な出来事って？　霊は？」

いきなりダイレクトな疑問をぶつけたのは、晃。

「ちょっ……、晃くん……！」

澪は慌てて晃を制しながら、エージェントを介する重要性を改めて痛感した。

仕事なのだから仕方のない面もあるが、晃をはじめ、次郎もまた、依頼に関してはビジネスライクだ。初対面の相手に対して同情したり、寄り添ったりという思考回路はあまり持ち合わせていない。

しかし、須川に気を悪くする素振りはなく、ハッと我に返ると自分のカバンを漁《あさ》り、一冊の手帳を取り出した。

「長々とすみません。……もう少し、お付き合いください。ちなみに、心中なんてあり得ないという私の主張は警察には通りませんでした。私は忙しさにかまけ、ほとんど両親に会いに行けていませんでしたし、ただお金を送っていただけの薄情な息子の違和感など、当然問題にされません。……だから、もう考えるのを止めようと思いました。……しかし、つい先日、両親と弟の一周忌に、弟が東京の部屋に残していた手帳をなにげなく捲《めく》っていたときに……おかしなメモを見つけたんです」

須川はそう言うと、三角に折り畳まれていたページを開く。

見れば、そこには五人の人名が記されていた。そして、名前の横には日付と、「心不全」や「火事・心中」というメモが付け加えられている。

「死亡日と、死因ですか」

次郎がそう口にした瞬間、澪の背筋がゾクッと冷えた。

須川は神妙な顔で頷《うなず》く。

「ええ。……聞き覚えのある名前があったので、気になって調べました。……すると、ここに書かれた五名は全員、両親と同じ集落の住人でした。狭い集落の中で短い期間に心不全が三名に、両親を入れると二組の夫婦が心中。死因を心不全と診断されるケースには、原因不明の突然死が多いと聞きますし、そんな死に方が三件続いただけでもちょっと異常だと思いました。弟はジャーナリストですから、おそらく事件性があると思って調べていたのではないかと思います。……しかし、死んでしまった」

「つまり、立て続けの死は誰かの謀《はかりごと》であり、弟さんも狙われたと？」

「ええ、私はそう思っています。そして、本来なら常に持ち歩くはずの手帳をわざわざ部屋に残した理由は、自分になにかがあったとき、私に調査を続けてほしいというメッセージなんじゃないかと……」

須川はそこまで話すと、一旦《いったん》口を閉ざした。

しかし、晃はまったく興味がないといった様子で、わかりやすく退屈そうな表情を浮かべる。

「……ここまで聞いても、やっぱうちの仕事じゃないみたいだけど。……ってかそれ、警察が動かないんだったら調査会社とか探偵に依頼した方がよくない？」

「晃くん、言い方……」

「いや、悪意は全然ないよ。実際そうじゃん」

正直、澪自身も、晃の意見を否定することはできなかった。相当きな臭い話ではあるが、第六の出る幕はない。

ただ、一方で、結論を出すのがまだ早いことも察していた。なぜなら、ここに須川を連れてきた伊原は、そんな、あからさまに見当違いな差配をするような男ではない。

澪がチラリと伊原に視線を向けると、伊原は澪の言いたいことを察したのか、少し気まずそうに肩をすくめた。

「……まあ、待ってあげてよ。本題はここからだから」

「え、今からまだ本題があんの？」

晃がふたたび須川に視線を向ける。

すると、須川はさらに険しい表情を浮かべ、いかにも重そうに口を開いた。

「……正直、ここからお話しする内容は自分でも奇想天外な話だと思っていて……、笑われてしまうのではないかという不安もあるのですが……」

「すごい勿体《もったい》ぶるじゃん……」

「すみません。おかしな予想をしている自分自身を、いまだ受け入れきれていないんです。……というのも、この件は、――呪いではないかと考えており……」

「きたきた……！」

呪いと口にした瞬間、晃の目がわかりやすく輝いた。

身を乗り出す晃の後襟を次郎が摑《つか》み、ソファに引き戻す。

「どういうことですか？」

「……実は、実家の土地は借地でして、返却の手続きをするために業者さんに撤去と整地をお願いしていたのですが……、作業も終盤に入った頃、私に連絡があったんです。……土の中から、おかしなものが出てきたと。気味が悪くて捨てられないので、引き取って欲しいと言われました」

須川はそう言うと、足元に置いていた小さな紙袋を手に取り、中から二十センチ四方の金属製のケースを取り出した。

それを見た瞬間、――澪の背筋が凍る。

なぜなら、澪は、その金属製のケースに強い既視感を覚えていた。そして、――おそらく次郎も。

現に、次郎の額にはかすかに汗が滲《にじ》んでいる。

「澪先輩……？」

急に様子がおかしくなった澪を心配してか、沙良が不安げに澪を見つめた。

「ありがとう、大丈夫……」

そうは言ったものの、ケースの中を見たくないと、心が拒絶している。

しかし、須川はケースに手をかけ、注意深く蓋《ふた》を開けた。そして、中から取り出したのは、紙やビニールで幾重にも包まれた、――一枚のお札。

「っ……」

やはりと、澪は言葉を失う。

それは忘れもしない、かつて次郎の兄・一哉を死に至らしめた最大の黒幕、仁明《にんみょう》が使用していたものとまったく同じだった。

新宿の住宅地で呪いがかけられた家の軒下から、同じ金属のケースに入れられたお札が発掘されたことを、澪は今も鮮明に覚えている。

一連の事件が明るみに出た当時、仁明は主犯格として指名手配され、警察による全力の捜索が行われたものの、結局見つからず終《じま》いだった。

だから、澪たちは、一哉の呪い返しを受けてどこかで力尽きてしまったのだろうと予想していた。――けれど。

このお札が出てきたとなると、少なくとも心中が起きた一年前当時には生存していたことになる。それだけでなく、今もまだ特殊な能力を使って悪事を働いている可能性が高い。

途端に強烈な吐き気を覚え、澪は口を覆う。

「澪ちゃん……？　どうした……？」

伊原が不思議そうに澪を見つめた。

「大丈夫です。……続けてください」

そう言うと、須川は少し戸惑いながらも頷く。

「呪いなんてあり得ないと思ってましたし、誰にも言えなかったんですけど……、知人と飲んでいるときについポロッと口にしてしまって。……そのとき、霊的な事件を調査する会社があるという噂を偶然聞いたんです。それで、仲介しているという伊原さんに繋《つな》げてもらいました」

「……なるほど」

次郎は短い相槌《あいづち》を打つと、険しい表情を浮かべた。

伊原と須川はただならぬ空気を感じているのか、黙って次郎の様子を窺《うかが》っている。

澪もまた、無理やり動揺を抑え込み、次郎の反応を待った。

仁明は、一哉の仇《かたき》だ。

事件のことが落ち着いて以来、次郎との間でその名が話題に出ることはほとんどなかったけれど、澪がその存在を忘れたことはない。

今もまだ生きていて、残酷なことを繰り返しているのではないかと、恐ろしいことを考えて眠れなくなった夜も数えきれない程ある。

おそらく、次郎は尚更《なおさら》だろう。仁明が生きている可能性が生じた今、次郎がどんな気持ちでいるのか、想像しただけで胸が苦しくなった。

　一哉の捜索に人生のすべてを捧《ささ》げていた次郎なら、仁明を捜し出して復讐《ふくしゅう》を考えたとしても、決して不思議ではない。——しかし。

「……残念ながら、人を殺すような呪いは現代に存在しません。我々は心霊現象という、世間一般的には胡散臭《うさんくさ》いものを取り扱う会社ではありますが、呪術の類《たぐい》に関しては肯定していないのです。……このお札を埋めたのが、須川さんのご両親に恨みを持つ者の仕業である可能性までは否定しませんが、亡くなられたのはこれのせいじゃない。……申し訳ありませんが、やはり、我々にできることはありません」

　次郎は、少しも動揺を見せずにはっきりとそう言い切った。

　澪はもちろん晃も、次郎に驚きの視線を向ける。それも無理はなく、次郎が呪いの存在を否定するなんてあり得ないからだ。

　一方、須川はどこかほっとした表情を浮かべていた。

「そう、ですよね……。すみません、おかしなことを言って……」

「いえ。……こんなものが出てきてしまえば、気味悪く思うのは当然のことです。しかし、さっきも言った通り、こんなものに効力はありません。……ご不安なら、我々がお預かりして寺に持ち込みますが」

「……是非、そうしていただけると」

　須川がケースごと差し出したお札を、次郎は少しも動揺を見せずに平然と受け取る。

澪は、ただ呆然《ぼうぜん》とその様子を見つめていた。

「では、私はお暇《いとま》します。……お時間を取らせて申し訳ありませんでした。両親と弟の件は、別の角度から調べてみることにします……」

須川はお札を手放したことで安心したのか、荷物を持って立ち上がる。

そのとき、ふいに、次郎が須川を呼び止めた。

「……須川さん」

「……はい？」

「私の個人的な意見ですが、あまり深追いしすぎない方がよいかと。……私の家族も不審な死を遂げましたが、事件性を考えはじめるといつまでも抜け出せない。……家が消失してしまったのなら証拠を探すのも難しいでしょうし、どこかで区切りをつけることをお考えになった方が。今後のご自身のためにも」

須川は少し驚いていたけれど、次郎の言葉を噛《か》み締めるようにゆっくりと頷《うなず》く。

「……長崎さんも辛《つら》い過去をお持ちなんですね。お気遣いありがとうございます。……いろいろと聞いていただいたお陰か、少しだけ気持ちに整理がつきましたし、一旦《いったん》落ち着いて考えてみようと思います」

須川はそう言って次郎に深々と頭を下げ、伊原と共にオフィスを後にした。

二人をエントランスで見送った後、澪たちの間に妙な空気が漂う。澪は次郎にどう声をかけたらいいかわからなかった。——すると。

「……悪人に限ってしぶといっていう話は、案外当たってるな」

意外にも落ち着いた声で、次郎がそう呟《つぶや》いた。

〝悪人〟が誰を指しているかは、言うまでもない。

「次郎さん……、あのお札ってやっぱり……」

名前を口にすることすら躊躇《ためら》われ、語尾が小さくなった。

すると、次郎は眉《まゆ》を顰《ひそ》め、視線で澪を応接室へと促す。

「とりあえず、……一回座れ」

澪が頷いて応接室に戻ると、沙良が澪の袖《そで》をきゅっと引いた。

「……重要なお話をされるのなら、私は席を外しますが……」

おそらく、ただならぬ空気を感じ取ったのだろう。揺れる瞳《ひとみ》には、澪への心配が滲んでいる。

その表情を見ていると、澪の緊張がかすかに緩んだ。

「ううん。沙良ちゃんもよければ一緒にいて。……内容はよくわからないかもしれないけど、後でちゃんと説明するから」

「澪先輩がそうおっしゃるなら……」

すると、向かい側に座った晃が、大袈裟《おおげさ》に溜《た》め息をついた。

「ってか、想像してたよりずっとやばい話だったね」

こういうとき、晃はいつも、あえて空気を読まずに明るい態度を取る。それは晃なりの気遣いだとわかっているけれど、今日ばかりは、それで重い空気が払拭《ふっしょく》されることはなかった。

「……さっき、人を殺す呪いなんてないって言ったのは、須川さんが危ないからですか……？」

澪が最初に尋ねたのは、なかば確認に近い疑問。次郎が須川を否定した瞬間は驚いたけれど、もし呪いが仁明の仕業なら、そう考えるのが自然だった。

次郎は頷き、注意深くお札を手に取る。

「本人か手先かはわからないが、仁明が動いてるなら、手を引かせた方がいいだろ。……須川が推測していた通り、須川の弟は、この件を嗅《か》ぎ回っていたせいで殺された可能性が高い。それに、呪いで死んだなんて知ったところで、余計な苦しみを抱えるだけだ。恨みを晴らしたくとも、仁明を相手に素人じゃどうにもならない」

「……それは……、そうかもしれません」

次郎の目には、久しく見ることのなかった冷たい光が揺れていた。

「次郎さんは、どうする気ですか……？」

澪はなかば勢いに任せて、もっとも気になっていた疑問を口にする。

すると、次郎は鬼気迫る澪の表情を見るやいなや、呆《あき》れたように苦笑いを浮かべた。

「心配しなくても、物騒なことは考えてない。一哉はもう戻ってきただろ。……俺の一番の目的は、もう果たされてる」

次郎が言った通り、望んでいた形ではなかったけれど、次郎は一哉の魂と再会を果たした。

気持ちに整理をつけて新生第六をスタートさせた次郎の決断を、すべてに立ち会った澪は十分理解している。

ただ、それでも不安は拭《ぬぐ》えなかった。そもそも、仁明が動き出しているのなら、今後、須川の両親のような被害者が出続ける可能性は十分にある。

「じゃあ……、放っておきますか……？」

澪はおそるおそるそう尋ねる。

すると、次郎は重い溜め息をついた。

「……放っておいたところで、仁明がまだ呪いを使って商売をしているなら、うちの業務内容を考えてもいずれは関わることになるかもしれない。……それに、奴は呪いで人を殺す見返りとして、法外な報酬を要求していただろう。つまり、商売相手は金を持ってる人間のみ。……うちに出入りしてる誰かさんと被《かぶ》る」

「伊原さんですね……」

「アレは要領がいいから下手な巻き込まれ方はしないだろうが、商売相手となるターゲットの一部が仁明と重なることは否めない。いずれ、今回のように仁明の被害者がらみの依頼を持ってくる可能性も十分にあるだろう。正直、深入りしたくはないが……、生きているなら現状を知っておきたい気持ちはある。……須川の件が本当に仁明の仕業かどうかの事実確認もしたい」

「……そう、ですよね」

一哉の一件の後、澪は正直、叶《かな》うならばもう二度と仁明の名前を聞きたくないと思っていた。

仁明とは、代々強大な霊能力を受け継ぐ家系に生まれながら、その力を正しく使うことなく、金儲《かねもう》けのために平気で人を殺すような男だ。

現に、被害者は、仁明が私怨《しえん》を持っていた吉原不動産の関係者だけに止《とど》まらない。廃寺となった妙恩《みょうおん》寺を拠点とし、金を積んだ相手に呪い殺す方法を指南する過去の光景を、澪は佳代を通じて実際に見ている。

だから、共犯だった慶子《けいこ》から「仁明は呪い返しによって使いものにならなくなった」と聞いたとき、密《ひそ》かにほっとしていた。

けれど、須川から受け取ったお札が、仁明が現在もまだ十分に力を持っていることを示唆している。

「すごく怖いですけど……、私も気になります。図らずも手がかりを得てしまいましたし……、いずれ関わってしまう可能性があるなら、今のうちに知れることを知っておきたいというか……」

澪がそう言うと、次郎は小さく頷いた。

そのとき、ふいに晃が首をかしげる。

「……ってかさ、須川さんの実家がある集落の住人、短期間に七人が亡くなったっていう話だったじゃん？　弟さんを入れたら、八人も。それがもし呪いのせいだとしたら、依頼者がいるってことだよね。誰がなんの目的で、そんな小さな集落の人間を狙うんだろう？」

確かに、それは大きな問題だった。

私怨である可能性もゼロではないが、仁明の過去の行動から考えても、依頼者が存在すると考えた方が自然だ。しかし。

「だけど……、住人が七人も亡くなったとなると、それぞれに殺したい程の恨みを持ってたっていうよりは、なんだか無作為な感じがしない……？」

澪が気になっていたのは、集落に住む人間なら誰でもいいと言わんばかりのやり口。慎重な仁明にしては雑な気がするし、目的が不可解だった。

「確かに、いっそ集落の人間を全滅させたがってる感じがするよね」

「……さすがに、そんなことないか」

「――いや、あり得る」

ふいに言葉を挟んだのは、次郎。そして。

「……目的が集落からの立ち退きなら、住人全員が邪魔になる」

次郎がそう言った瞬間、澪の背筋がゾクッと冷えた。

確かに、立ち退き問題はトラブルが絶えない。

かつて吉原不動産で働いていた澪は、新たな開発案件が出るたびにその話題を耳にしたし、現に、営業部が何年もかけて根気よく交渉を進めている案件がいくつもあった。

交渉が難航するケースの多くは、歴史の古い、年配者の多い町だ。

そういう場所では、どんな交渉条件を出そうと断固首を縦に振らない住民の比率が、圧倒的に高いのだという。

それも無理はなく、長く住む程に家や町に愛着がわくのはごく自然なことで、違う場所で生活することに不安を覚えるのは当然の心理だろう。

そして、集落は、間違いなくその部類に属する。

「現時点ではなにもかも推測でしかないが、集落を含む土地一帯になんらかの開発計画が持ち上がっていて、その土地の所有者が売却を持ちかけられ、しかし住民たちは頑《かたく》なに拒絶し、仁明に相談を持ちかけたという流れなら辻褄《つじつま》が合うな。その場合は、黒幕は地主一択だが」

「それが当たってたら超やばいじゃん……。じゃあひとまず、集落の住所を伊原さんに聞いて、その後は開発計画の有無と、集落一帯が借地なのかどうかも高木くんに調べてもらって、……もし地主がいるってなった場合は、その素性も調べたいね」

「——よければ、素性の調査は私の方で。身元が曖昧《あいまい》な方は調べられませんが、普通に社会生活を送られている方ならばすぐに調べられますので」

突如声を上げたのは、沙良。

全員の視線が沙良に集中する。

「そうだ……、今は謎の権力者の黒いネットワークが使えるんだった」

「ちょっと晃くん……！」

「澪先輩、構いません。おおかた、間違っていませんから」

「いや、面倒臭がらずに否定して……、結構酷《ひど》いこと言われてるんだから……」

正直、沙良の家が持つネットワークはどこか不透明で恐ろしいが、その調査能力の高さを澪は身をもって経験している。

とくに調査にかかるスピードにおいては、普通の調査会社の比ではなく、協力を仰げるのならば、かなりの助けになるだろう。

「じゃあ、私たちの推測が全部当たってたときは、沙良ちゃんに地主の素性を調べてもらってもいい……？」

「ええ、もちろんです。どうやら訳アリのようですし、澪先輩のためでしたら私の持てるものは全て使います。なんでもお申し付けください」

「た、助かる……。ありがとう……」

異常な懐かれ方にはまだ慣れないものの、お陰で、欲しい情報を集める手段はほぼ揃ったと言える。

すると、次郎が険しい表情で立ち上がった。

「……今回も業務外だが、放っておけば第六の今後にも影響しかねない。できれば最優先で調べたいから協力してくれ。……ぐずぐずしていたら、集落の人間が全員死ぬ」

次郎がそう言った瞬間、心臓が押しつぶされるかのような痛みを覚えた。

今現在、集落にどれだけの住人がいるのかはわからないが、澪たちの推測が当たっていた場合、全員が死ぬまで呪いは止まらない。

「確かに……、急がなきゃ……」

「それに、目的が果たされた後では、仁明に関する手がかりを摑《つか》むのは難しくなる。なにせ、警察の大掛かりな捜索から逃げ切ったような奴だ。集落での仕事が完了次第、すべての痕跡《こんせき》を消して去るだろう」

応接室の空気は、これまでにない程張りつめていた。

澪もまた、仁明のお札を見た瞬間から、恐怖と不安で動悸《どうき》が治まらない。

けれど、次郎が少しずつ一哉のことを整理し、前に進んできたこれまでの間も、仁明は変わらず悪事を働き続けて私腹を肥やしていたかと思うと、恐怖以上に憤りが込み上げてくる。

「澪ちゃん、顔が怖いよ。……澪ちゃんが焦るといつもロクなことないんだから、落ち着いて」

ふいに晃から指摘され、澪はハッと我に返った。

晃は可笑《おか》しそうに笑いながら、ソファから立ち上がる。

「じゃ、ひとまず僕から伊原さんに集落の場所を聞いてみるね」

「あ……、うん。お願い……」

「あと、宮川さんにもざっくり説明するわ。……来て」

「……溝口さんがご説明くださるんですか？」

「なに、不満なの？」

「いえ。……よろしくお願いします」

沙良を連れて出て行ったのは晃なりの気遣いだと、鈍い澪にも伝わっていた。次郎と澪が仁明に対して持つ深い遺恨と、共に一哉を捜し求めたからこそ生まれた特殊な結束を、晃は理解してくれている。

「次郎さん、大丈夫ですか……？」

静かになった応接室で、澪が早速そう尋ねると、次郎は困った様子で腕を組んだ。

「そんな青い顔で、人を心配してる場合じゃないだろ。……さっきも言ったが、調べるのは復讐《ふくしゅう》のためじゃない」

「わかってますけど……」

「……まあ、私情がゼロとは言わないが。咄嗟《とっさ》に須川に呪いのことを隠したのも、今思えば、半分は勢いだったかもしれない。……すべてを肯定して報酬を取る手段もあったのに、惜しいことしたな」

「次郎さん……」

「ただ……、他人の人生にあまり興味はないが、俺の二の舞になりかねないと思うと、さすがにいい気分はしない」

これはきっと本音だと、澪は思う。

次郎はずいぶん人間らしくなったと語った高木の言葉が、ふと頭を過《よぎ》った。

確かに、出会った頃の次郎は自分の思いをほとんど語らなかったのに、最近はすっかり変わった。だからこそ、復讐のためではないと言った次郎の言葉を、今はすんなりと信用することができている。

「……そう、ですね。私も、あんな悲しい思いをする人が増えるのは嫌です」

「ただ、あまり熱くなりすぎるなよ。俺らがすべきなのは、仁明の足取りを追って、現況を摑むところまでだ。……その後は、深入りせずに警察に任せればいい。捕まったら最後、もう一生出てこられないだろ」

「わかりました」

「よし。……なら、まずは情報収集だな」

次郎はそう言うと、応接室の出口へ向かった。

その瞬間、澪は思わず次郎のジャケットの裾《すそ》を摑む。

「あの……！」

仁明のことを調べると決まったときから、澪には、ひとつ気がかりなことがあった。

それは他でもない、高木のことだ。

「高木さんには、このことをどこまでお話しされるんですか……？」

そう言うと、次郎はかすかに瞳《ひとみ》を揺らした。

動揺するのは当然だった。仁明は、高木の大叔父《おおおじ》にあたる。

仁明が起こした事件に関して高木にまったく責任はないし、高木自身も当時はほとんど態度に出さなかったけれど、自分の血筋が一哉の死に関連していたことに、少なからず傷付いていたはずだ。

今もまだ仁明が悪事を働いていると知れば、きっと苦しむだろう。

しかし、高木に黙って調べたとしても、万が一バレてしまったら、余計に辛《つら》い思いをさせてしまうかもしれないと澪は思っていた。

「……お前はどう思う」

まさか聞き返されるとは思わず、澪は戸惑う。

「わ、私、ですか……？」

次郎はふたたびソファに腰を下ろし、澪を見つめた。

「人の感情に関しては、お前の方が敏感だろ。……俺は、高木をあまり苦しめたくない」

ふいに、胸がぎゅっと締め付けられた。

次郎は、澪が考えていたよりもずっと高木の心配をしているのだと、そのひと言で十分に伝わってくる。

ただ、高木のことで次郎が澪に意見を聞くなんて、少し意外だった。

「私だったら、……言ってほしいです。苦しいかもしれないけど、巻き込んでくれたなら、ちゃんとこっち側の人間なんだって思えるから」

「そんな当たり前のこと、言わなくてもわかるだろ」

「わかってるつもりでも、不安になることがあるかもしれませんし……」

「……わかった。なら、高木には俺から話す。……今日は伊原からの情報収集までで止めておいてくれ」

「わかりました」

澪が頷《うなず》くと、次郎は今度こそ応接室を後にした。

澪はカップを片付けながら、頭の中で次郎との会話を繰り返す。

「なんか……、ほんとに変わった、かも……」

ひとり言に反応してか、足元にふわりとマメが姿を現した。

マメは嬉《うれ》しそうに尻尾《しっぽ》を振り、澪の足に鼻先を擦り寄せる。

澪はマメを抱え上げ、首元を撫《な》でた。

「優しくなったよね……？」

『わぅ』

タイミングのよい返事に、思わず笑う。

仁明のことを考えると不安ばかりが込み上げてくるけれど、改めて実感した次郎の変化が、澪の心を少し落ち着かせた。

「――澪ちゃん、ありがとうね」

後日、突如連絡をくれた高木は、開口一番そう言った。

「え？……あの……」

「俺にも相談するよう次郎に言ってくれたんでしょ？……ものすごく久しぶりに飲みに誘われたから、なにごとかと思ったけど」

どうやら、次郎が早速伝えたらしいと澪は察する。

高木の心情を心配していたけれど、その声はいつもに増して穏やかだった。

「私が言ったっていうより、そもそも次郎さんが迷っていたので、私は話を聞いただけで……」

「だとしても、嬉しかったよ。もちろん、また仁明の名前を聞くことになるとは思わなかったし、正直愕然《がくぜん》としたけど……、でも、調べるつもりなら俺も協力したいと思った。……もし集落へ行くつもりなら、俺も同行させてほしい」

「え……、で、でも……」

高木の申し出に澪は戸惑う。

もし集落へ行くことになった場合は、仁明に関する残酷な情報が明らかになる可能性が十分にあるからだ。

すると、澪の不安を察したのか、高木が小さく笑い声を零《こぼ》した。

「そんなに心配しなくて大丈夫だよ。もし今回の件を隠されていたら多少はダメージを受けてたかもしれないけど、お陰ですごく余裕があるし。もちろん、責任を感じて協力を申し出てるわけじゃないよ。……そりゃ、自分の血筋は恨めしいけどね」

「高木さん……」

「って言っても、まだなにもしてないんだ。電話したのは、とにかく澪ちゃんにお礼が言いたくて。これからいろいろ調べてみるから、ある程度わかったらオフィスに行くよ。……澪ちゃんは、人の心配ばかりしすぎないように」

「そんな……、ありがとうございます」

高木の様子はいたって平常通りだった。

電話を切った後、澪はそっと溜《た》め息をつく。

「澪先輩……？」

ふいに背後から声をかけられ、振り返ると心配そうな沙良と目が合った。一人でオフィスにいることが当たり前だった澪はすっかり気を抜いていて、慌てて表情を繕う。

「ご、ごめん……。電話の声、気が散ったよね……」

「いえ。なにか心配ごとですか……？」

沙良には、吉原不動産で起きた一連の事件のことが晃によって伝えられている。

晃によれば、沙良は当時のニュースを記憶していて、さほど驚く素振りもなかったらしい。ただ、次郎や澪が深く関連していたことには、酷《ひど》く胸を痛めていたと聞いた。

沙良の真剣な表情に、澪の心がふっと緩む。

「心配してくれてありがとう……。なんだか、いろいろ進んでいく感じが少し怖くて。引き返したいわけじゃないけど、引き返せなくなるのが怖いっていうか……。わかんないよね、そんなの……」

「いえ、わかります」

「わ、わかるの……？」

「世間知らずの私からすれば、皆さんにとっての日常すらも、手探りのようなものです。……もっとも、引き返したいとは思いませんが。私が足を踏み出したときは、いつも、不安でどうしようもなくなったときですから」

「沙良ちゃん……」

「動いた時点で、少なくとも不安はひとつ減っています。たとえ新たな不安が増えようとも、減ったものと増えたものは別物ですから、単純な足し引きで評価できるものではありません」

確かにその通りだと、澪は思う。

漠然とした不安を抱えた今の澪にとって、自己分析に長《た》けている沙良の言葉は、すんなりと心に浸透した。

「なんだか、前向きになれた気がする……。ありがとう……」

「いえ。私にとっては澪先輩との出会いこそ、足を踏み出したことで得られた掛け替えのないものです。……新参者の私を部外者扱いせず、事情を教えてくださって嬉しかったです。ありがとうございます」

「いくらなんでも過大評価だよ……」

「いいえ。私個人の基準ですから、そこは澪先輩にも干渉できません」

普通なら照れて言えないようなことを躊躇《ちゅうちょ》なく口にする沙良に、澪は戸惑う。ただ、そのお陰か、なんだか肝が据わったような感覚を覚えていた。

「ありがとう。……前に進まなきゃね。私も、掛け替えのないものを得たいから」

「はい。心から応援しています」

この不安なタイミングで前向きになれたことは、澪にとってはこれ以上ない幸いだった。

採用試験前後では様々な波乱があったものの、沙良という味方ができてよかったと、澪は心からそう思った。

そんな澪を待ち構えていたかのように、集落についての情報が続々と明らかになったのは、高木に調査を依頼してから数日後のこと。

高木は第六のオフィスへやってきて、澪たちを応接室に集めた。

ちなみに、高木と沙良は初対面。ただ、当然ながら、沙良の採用については経緯も含めて高木に知らせていたし、対応力の高い高木と冷静な沙良の対面に、問題なんてあるはずがなかった。

そして、――肝心の調査結果については、ほぼ次郎の推測通りだった。

まず、集落はすべて借地であること、つまり山一帯を所有する地主が存在することが判明した。さらに、集落を含む山一帯にはゴルフ場の開発計画があり、土地の権利譲渡に関する契約が、合意には至ったもののなんらかの事情で膠着《こうちゃく》しているらしい。

地主は、現時点で仁明と繋《つな》がっていることがもっとも疑われる人物だ。

地主の話になった途端、高木はわかりやすく眉《まゆ》を顰《ひそ》めた。

「いきなり疑うのもなんだけど……、怪しいなって思う。っていうのが、あの集落は相当歴史が古いから、借地の契約には、間違いなく旧借地法が適用されてるはず。次郎や澪ちゃんは知ってるだろうけど、旧法は借地人にとってかなり有利に作られていて、地主は返却を強いることができないからね。……期間も、契約書に定めがない場合がざらにあるし、あっても更新はほぼ借地人の意思が通る」

「つまり、借地人が返却を拒んだら、地主はどうすることもできないってことですよね……」

「そういうこと」

高木が言った通り、旧借地法が制定されたのは大正時代であり、借地人の権利がかなり強い。

そんな旧借地法は、土地の価格が跳ね上がった平成初期に全国の地主たちの要望によって改正を求められ新法となったが、新法が施行された以前に貸し出されていた土地については旧法が適用されたままとなる。

　集落に旧法が適用されているのなら、たとえ契約の終了日を待ったところで返却される希望は薄い。

「ただ……、今現在も集落に住んでるのは、ほんの数世帯だけなんだって。ほとんどの家が農業で生計を立てていたらしいんだけど、八年前に大きな台風が直撃した影響で、畑に甚大な被害を受けたらしくて。農業を廃業せざるを得なかった住人たちが、続々と集落から出て行ったって話」

「それ、須川さんも言ってましたね……。ってか、そんな情報、どこから入手したんですか……？」

「まさに、集落を含む山の開発を進めてる、大手不動産会社の知り合いだよ。ずいぶん前に交流会で交換した名刺が、まさか役に立つとはね。開発計画に関してはすでに公開されてる情報だし、向こうもこっちの情報が欲しそうだったから、あっさり教えてくれた」

「……すごいコミュ力ですね」

　さすがの調査能力に、澪はすっかり感心した。

　一方、次郎は腕を組み、難しい表情を浮かべる。

「開発を進めている不動産会社にも、仁明に依頼する動機があるにはあるが……、契約の合意が取れた上での膠着《こうちゃく》状態という話が事実なら、その会社はまだ交渉を進めてなさそうだな」

「そう、そこ。旧法のこともあるし、状況を聞く限り地主自ら立ち退き交渉をしてるんじゃないかと思う。……そうなると、怪しいのはほぼ地主で確定だけど」

　情報を精査する程に、地主の怪しさが際立っていく。

　ただ、いくら交渉が上手《うま》くいかないからといって、殺してしまおうという発想に至るなんて、異常性は仁明とそう変わらない。

　こうして似た人間が寄り付き合い、悲しい連鎖を生むのだと思うと、澪は恐怖と怒りが抑えられなかった。

「……ちなみに、地主さんは集落に住んでらっしゃるんでしょうか……？」

「状況的にそれはない気がしてるけど、残念ながら特定の個人情報までは聞けなかった。調査会社に依頼するから、もう少し時間を貰《もら》える？」

「いや……、それは問題ない。……宮川、頼む」

　唐突に指名され、沙良は珍しく目を泳がせる。

　しかし、すぐに落ち着きを取り戻し、姿勢を正した。

「ええ、前にも申し上げました通り、お役に立てると思います。……ただ、お名前がわからない場合は、少しお時間を頂けますでしょうか。……できれば、明朝まで」

「……早。そして怖……」

相変わらず晃は引いていたけれど、今の澪たちにとって沙良の力は重要だった。というのも、集落にまだ住人がいるとわかった以上、できるだけ急ぐ必要がある。

「とりあえず、地主の情報が判明し次第、一度出向いて集落の状況を確認したい。……今回も業務外だから、週末に行く。同行するのは高木と、澪だ」

「え、僕また留守番……？」

「できる限り人数は絞りたい。集落じゃ三人でも目立つ」

「まーそうだよね……。了解」

残念がる晃とは逆に、澪の心の中では、ついに始まってしまうという緊張がみるみる膨らんでいた。

それは、通常の調査で抱えるものとは明らかに種類の違う緊張だった。

澪にとって、仁明以上に恐怖を覚える存在はない。考える程に怯《ひる》んでしまいそうな澪の背中を押しているのは、動いた時点で不安がひとつ減ると言った沙良の言葉。

それに、こうしている間にも誰かの命が理不尽に狙われていると思うと、いずれにしろ、動かないわけにはいかなかった。

集落を目指して群馬へ向かったのは、翌週の土曜。

高木が調べた地図を頼りに車を走らせると、高速を降りて間もなく、周囲を山に囲まれた道に出た。

今は十一月末で季節は一応秋だが、空は薄いグレーの雲で覆われ、今にも雪が降りそうな気配が漂っている。

澪は窓から外を眺め、少し憂鬱《ゆううつ》になった。

「澪ちゃん、大丈夫？」

助手席から高木に声をかけられ、慌てて首を横に振る。

「すみません、寒そうだなって思っただけで……」

「ならいいけど、あまり無理しないでね。不安なことがあったらなんでも言って」

「ありがとうございます」

高木のこの細やかな気遣いは、澪にとって大きな癒《いや》しだった。ただ、今回ばっかりは、それをもってしても憂鬱さが拭《ぬぐ》えない。

ちなみに、沙良の調べによると、地主は元々集落に住んでいたが、例の台風被害があった頃、車で三十分程離れた場所にある小さな村に転居したのだという。

そこも、もはや集落と表現してもいいくらいの世帯数だが、昔から狩猟が盛んな村で、近年の若者のジビエブームが影響してか、レジャー目的での来訪者が増えているらしい。

それもあって、空き家を改築した民泊が多く、澪たちもその中の一軒に宿を取ることになった。

とはいえ、村の規模が小さい程に余所《よそ》者に敏感だというのはよく聞く話であり、見るからに狩猟目的でない澪たちが滞在すれば目立つのではないかという不安もあった。

しかし、そんな中で高木が口にしたのは、澪には到底考えつかない提案だった。それは、地主に気付かれないようコソコソと調査を進めるのではなく、いっそ、最初に地主に挨拶《あいさつ》をしに行ってしまおうというもの。

高木によれば、地主が持つ山はゴルフ場開発予定地以外にいくつもあるらしい。だから、堂々と吉原不動産の営業を名乗って嘘の土地利用の打診をしに行けば、村に滞在しても不自然ではないし、逆に身動きが取りやすくなるという。おまけに、集落に関する重要な情報を得られる可能性もあると。

かなり大胆な作戦ではあるが、下手に隠れて怪しまれるよりいいと、次郎はその提案に乗った。

そういう経緯で、澪たちは今、地主にしっかりとアポを取った上で村へと向かっている。

「仁明に依頼した張本人かもしれないって思うと、なんだか会うのが怖いですね……」

どんどん山深くなっていく景色を眺めながら、澪はふとそう零《こぼ》した。

すると、ルームミラー越しに次郎と目が合う。

「地主の前であまり怯《おび》えるなよ。もし少しでも怪しまれたら、俺らのことが仁明に伝わるかもしれない」

「わ、わかってます……」

確かにその通りだと、澪は冷静になるためゆっくりと深呼吸をした。

そのやり取りを聞きながら、高木が困ったように笑う。

「次郎、それじゃ澪ちゃんが余計に怯えちゃうよ。だいたい、地主さんが依頼主だって確定したわけじゃないんだし」

「確定こそしてないが、状況的に九割方そうだろ」

「それはまあ……」

「いけ好かない。安全な場所にいながら他人の手を使い、自分の利のために人を殺す奴なんてもはや人間じゃない」

「それは同意だけど。……次郎も落ち着いてね」

次郎が私情を剝《む》き出しにするのはとても珍しい。

ただ、仁明が関わっている可能性が生じた瞬間から、次郎が心穏やかでないのは当然だった。

それに、今は次郎がもっとも心を許している高木が傍にいる。おそらく、いつもよりも感情が表に出てしまっているのだろう。

「人間じゃないっていうのは私も同意です……。きっと、自分だったらどう思うかっていう想像力がないんでしょうね。仁明はもちろん、これまで仁明を頼ってきた人たち全員……」

「澪ちゃんまでそんな……」

次郎につられ、つい思ったままを口にしてしまった澪を、高木がやれやれと笑う。そして。

「ほら、もうすぐ着くよ。……二人とも冷静にね」

そう言われて外を見ると、いつの間にか辺りの景色はすっかり開けていて、辺りに民家がちらほらと確認できた。

仁明の話題で込み上げた憤りのせいか、幸い、緊張は少しだけ曖昧《あいまい》になっていた。

やがて、次郎はひときわ大きな家の前で車を停める。

田舎には広い庭がある家が多いけれど、その家の敷地の広さは、周囲の家と一線を画していた。

「ここが地主さんの家ですか……？」

「そう。ちなみに伊東《いとう》さんね。……ちょうど時間ぴったりだから、行こうか」

「は、はい……」

「大丈夫だよ、澪ちゃんは黙って座ってるだけでいいからね。俺が適当なことを言うから、適当に相槌《あいづち》打ってて」

「……わかりました」

澪が頷《うなず》くと、高木は早速、立派な門に設置されたインターフォンを押す。すると、間もなく女性の声が響いた。

「――はい」

「こんにちは。吉原不動産の高木と申します」

「ああ、聞いています。こんなところまでようこそ。……今開けますので中へどうぞ」

通話が切れると同時に、重厚感のある門が自動的に開いた。

奥に見えたのは、立派な和風建築の屋敷。門から美しい石畳が続いていて、左右には綺《き》麗《れい》に整えられた庭園が広がり、大きな池まである。

「す、すごい家……」

優雅に泳ぐ錦鯉《にしきごい》や、時折辺りに響く鹿威《ししおど》しの音。まるで映画に出てきそうなロケーションに、澪はただただ圧倒された。

一方、高木と次郎はさすがと言うべきか、一切反応せずに石畳を進む。

すると、玄関から六十前後と思《おぼ》しき小柄な女性が顔を出した。

「あらあら、そんな格好で寒いでしょう、早く中へ……！」

女性はずいぶん気さくな口調でそう言い、澪たちに向かって手招きをする。

ようやく玄関へ着くと、高木が深々と頭を下げた。

「はじめまして。私がお電話を差し上げました高木と申します。こちらは長崎と、新垣です。今日はお時間をいただきまして――」

「挨拶なんて後でいいから、ほら早く。……都会の人は薄着で見ていられないわ。今温かいお茶を淹《い》れますからね」

おそらく、この女性は地主の妻なのだろう。あまりに温かく迎え入れられ、澪は戸惑う。

女性は三人を応接間へ案内すると、座って待つよう言い残し、すぐに部屋を後にした。

部屋はストーブが点《つ》いていてとても暖かく、ずいぶん前から準備してくれていたことが窺《うかが》える。

「あの……、高木さん……」

「言いたいことはわかるよ。……でも、油断しないで」

「……は、はい」

どうやら、高木も同じ印象を持ったらしい。険しい表情を浮かべ、ソファに腰を下ろす。

澪もその横に腰掛け、広い部屋をぐるりと見渡した。

家の外観はかなり立派だが、部屋の中はどちらかといえば落ち着く雰囲気で、壁面の棚には全国各地の民芸品と思われるものが所狭しと並んでいる。

中にはこけしや赤べことといった有名なものもあれば、見たことがない奇妙な形をしたものもあった。

おそらく、旅行が趣味なのだろう。何年かけて集めたのかわからないが、かなりの数がある。

澪がつい見入っていると、急須《きゅうす》と湯呑《ゆの》みを載せたお盆を手に、女性が応接間に戻ってきた。

「さあ、まずはお茶でもどうぞ」

「お、お構いなく……」

相変わらず戸惑う澪を他所《よそ》に、女性は慣れた手つきでお茶を淹れると、正面に座って人の良い笑みを浮かべた。

「私は伊東千賀子《ちかこ》と申します。すぐに主人も来ますので、もう少し待ってもらえるかしら。せっかく来てくださったのに、お待たせしてごめんなさい」

「とんでもないです。恐縮です……」

「そんなに硬くならなくていいから。リラックスしてちょうだいね」

「は、はい……、ありがとうございます……」

澪はぺこりと頭を下げ、所在なくお茶に口をつける。

千賀子が醸し出す雰囲気は、驚く程に穏やかだった。

見た目で判断すべきでないとは思うものの、とても人を殺せるような人間には見えない。想像していた人物像とあまりにも違う。

そして、その後すぐに応接間に顔を出した男性を見て、澪はさらに混乱した。

「やあ、ようこそいらっしゃいました。私は伊東正和《まさかず》と申します。吉原不動産とは、またずいぶん大きな会社だね。なんにもないうちの山に興味を持ってくれているんだとか……？」

現れたのは、千賀子に引けを取らないくらいに人のよさそうな男性だった。柔らかく目を細め、千賀子に支えられながらソファに腰を下ろす。

「唐突に申し訳ありません。今日はひとまずご挨拶《あいさつ》をと思いまして。……この辺りにゴルフ場を含む大規模な開発計画があるという噂が我々の界隈《かいわい》に出回って以来、周辺の土地の注目度が軒並み上がっています。今後、ホテル建設やリゾート施設などに手を挙げたい企業も増えるでしょう。弊社もまだ具体的な計画が出ているわけではありませんが……、伊東さんがこの辺り一帯の土地をお持ちだと知り、今後のご意向などをお聞かせいただければと思いまして」

　高木は、あくまで嘘とは言えない際どいラインの話をスラスラと口にした。その落ち着き払った様子に、澪は感心する。

　正和は、高木の話を聞き終えると、少し困ったように眉《まゆ》を下げて笑った。

「ゴルフ場に関しては……、まあ、私自身はあまり乗り気ではなかったんだけどね。なにせ、この辺りののどかな風景を気に入っていたものだから。……まあ、これまで二束三文の値打ちだった山に高い価格を付けられたことには驚いたし、なにせ営業の方がとても熱心でね」

「ゴルフ場を手掛ける会社の営業は、敏腕で有名です」

「ああ、確かにそんな感じだった。ただ、こちらも長く説得を受けたというわけでもないんだよ。うちが持つ土地は先祖から受け継がれてきたものだけれど、我々には子供もいないし、土地を残しても仕方がないと以前から考えていてね。ゴルフ場ならそう景観も損ねないだろうし、価値を見出《みいだ》してくれるなら譲ってしまって、いただいたお金で余生を妻とのんびり暮らすのもいいかと。もう合意はしているし、ほとんどの契約は終えてるんだ」

特段、本音を隠しているようには見えなかった。高木は、演技とはとても思えない、心底ほっとしたような笑みを浮かべる。

「そうでしたか。……そのようなご意向でしたら、我々としても今後のハードルが下がります」

「はは。田舎の地主には頑固な人間も多いからね。あなたも営業なら、追い返されたこともあるでしょう」

「ええ、数えきれない程」

二人が談笑する光景は、とても穏やかだった。

ただ、穏やかであればある程、本当に仁明と関わりがあるのだろうかという疑問が膨らんでいく。――すると、そのとき高木が本題に入った。

「ところで、ゴルフ場の建設がいつ頃始まるのかはご存じでしょうか。……聞けば、ゴルフ場建設予定地となってから、着手されないまますいぶん経つようで。交渉に時間がかかるのは珍しいことではありませんが、先程合意済だとおっしゃっていましたし、なにかトラブルでもあったのではとつい邪推してしまい……。同業ですから、もし懸念があるようでしたら、相談に乗れますが」

「ああ……、まあ、そこはいろいろとあって。……というのも、まだその予定地に住んでいる人たちがいてね。とはいえ、かなり小さな集落でとても不便な場所だから、皆にはこの村へ越すことを勧めているんだけれど……、生まれ育った場所への愛着が強くて、首を縦に振らないんだ」

これは間違いなく例の集落の話だと、澪は察した。ただ、正和の表情から動揺は感じ取れず、むしろ、心底困っているといった様子だった。

「なるほど。しかし、契約を交わしてしまい、交渉は業者に任せてしまえばよいのでは……？」

「そう簡単ではないんだよ。実は私も以前はその集落に住んでいて、うちは代々そこで長《おさ》のような役割を担っていたから、住人たちとの繋《つな》がりも深くてね。だから、私たち夫婦が集落を引き揚げたときは、それはもう大変だった。皆、集落を守ることに必死だから、裏切るのかとまで言われてね……。いずれ皆を追い出して、山を売り払うつもりだろうと散々責められたよ。もっともその当時は土地を売ることなんて考えてもいなかったし、……というよりも、売れないだろうと思っていたんだが、結果的にこういうことになってしまった。ただでさえそんな不安を抱えているときに、突然私ではなくスーツ姿の人間が立ち退きの交渉に来たら、今度こそ裏切られたと、酷《ひど》く嫌な気持ちになるだろう。……だから、できれば私の言葉で説得したいと思っていてね。もちろん応じてくれた者も多くいるし、あと数世帯なんだけれど……」

「……そういうことでしたか」

澪としては、裏切りなんて言い方はさすがに大袈裟《おおげさ》だと思うけれど、狭い社会においては、家族を超越した結束が生じるのもわからなくはない。

　ただ、もはや数世帯しか残っていない集落にそこまで執着する住人たちの気持ちに、どうしても共感できなかった。

　もちろん、立ち退くにあたり、それなりの条件も提示されているはずだ。

　すると、高木がさらに言葉を続ける。

「個人的な興味本位ですが……、もはや数世帯しか残っていない集落では生活は不便でしょうに、皆さんはなぜそこまで……？　この辺りに住んだ方が、店もありますし、かつての長である伊東さんもいらっしゃって、ずっと安心かと思うのですが……」

　どうやら、高木も同じことを考えていたらしい。澪よりもずっと立ち退きの事情に詳しい高木ですらそう思うのだから、やはり不自然だったのだろう。

　すると、そのとき。――正和の瞳《ひとみ》が、初めてほんのかすかに揺れた。

「いやぁ、そんなものですよ。……それぞれ事情があるしね。私にだって気持ちはわかる」

　動揺という程ではないものの、なんとなく、なにかを伏せたがっているような雰囲気が伝わってくる。

　しかし、正和はそれ以上なにも言わず、穏やかな笑みを浮かべた。

「まあ、とはいえ、私が所有する他の土地は、どれもなんにもないただの山だから。なにか計画があるときは一声かけてください」

「ええ。土地の売却に関して前向きにご検討いただけるとのこと、会社にいい報告ができます。……それでは、今日はそろそろお暇《いとま》しますね」

高木が立ち上がり、澪も慌てて後に続く。

正和も立ち上がろうとしたけれど、千賀子がそれをそっと制した。

「私がお見送りしますね。主人は足が悪いので、ここでいいかしら」

「もちろんです、どうぞお気遣いなく。おみ足、お大事になさってください」

「ありがとう。最近急に神経痛が悪化してね」

澪は正和にぺこりと頭を下げ、高木たちに続いて応接間を後にした。そして、玄関で改めて千賀子に挨拶をすると、千賀子は突如、どこから出してきたのか、いくつかの使い捨てカイロを澪のジャケットのポケットに無理やり突っ込む。

「え、あの……？」

「女の子は体を冷やさないほうがいいわよ。たくさんあるから持っていきなさい」

「あ、ありがとう、ございます……」

「お仕事頑張ってね」

千賀子はそう言うと、来たときと同じ穏やかな笑みを浮かべ、澪たちを見送ってくれた。

車に戻ると、三人はしばらく沈黙する。

「……なんか、調子狂うね」

澪の心境も、まさに高木の呟《つぶや》き通りだった。

仁明と繋がっているはずだと確信に近いものを持っていたのに、伊東夫妻は絵に描いたような穏やかな夫婦で、物騒な計画を立てるようにはとても見えない。

「本当に仁明と繋がってるんでしょうか……」

澪はカイロを詰め込まれたポケットを撫《な》でながら、首を捻《ひね》った。

「……傍《はた》から見た印象なんて、当てにならないだろ」

そう言う次郎の表情にも、わずかな迷いが感じられる。

「それはそうかもしれませんけど、驚く程普通だったというか。……あ、でも……、集落の話になったときだけ、少し言葉を濁してましたね……」

澪が思い出したのは、集落に残る住民の執着が強いという話題になったときの、正和の様子。

あのときだけは、柔らかかった空気がかすかに緊張感を帯びた。

しかし、高木は首をかしげる。

「確かに俺もそう思ったけど、集落では心中やら謎の死やらが続いているし、動揺するのは不自然じゃないかも。二人が住人の死に関わっていようがいまいが、自分の土地での不幸な事件なんてあまり知られたくはないだろうから」

「そっか……。伊東さんからすれば、集落のことは私たちには無関係ですし、掘り下げられたくはないですよね……」

「真実はわかんないけどね。……とにかく、考えても仕方がないから、一旦《いったん》予約してる民泊にチェックインして、それから集落へ行ってみよう。きっと、実際に見るのが一番早いよ」

高木がそう言うと、次郎は車を発進させた。

そして、高木が手配した民泊へ向かう。

民泊は、ほんの数分車を走らせるとすぐに到着した。やや小高い場所にあり、村を見渡すことができる。

庭にはタープテントが張られていて、その上バーベキューの設備まであり、近年この辺りでのレジャー利用者が多いという話に澪は納得した。

高木は澪たちに車で待っているように言い、すぐ隣にある民泊のオーナーの家を訪ねると、鍵《かぎ》を預かってすぐに戻ってきた。

「鍵さえ預かっちゃえば、あとは安心。これまで民泊を利用したことなんてないし、どんな感じだろうと思ってたけど、意外と気兼ねなくていいね」

「無人なんですね。家も庭も広いし、大人数でも来られるから、学生さんたちにも人気が出そう……」

「過疎化で増えた空き家を上手《うま》く利用したもんだよね。この民泊も、元は隣に住んでるオーナーの息子さん夫婦が住んでたんだって。仕事の関係で出て行っちゃったらしいよ」

「なるほど……。すごくいい活用法かも……」

「——おい、そろそろ出るぞ」

感心している澪たちを他所《よそ》に、次郎は車を発進させた。

次郎が焦るのは無理もなく、住民の少ない集落では、夜はかなり見通しが悪くなることが予想される。その上、今の季節はもっとも日が短く、安全に身動きが取れる時間はそう長くない。

「……そうですね。暗くなる前に行かなきゃ」

ただ、いよいよ問題の集落に向かうとなると、地主の家を訪れるときとは比にならない程の緊張が込み上げてきた。

車が進むごとに、山はさらに深くなっていく。

ついには地図上に道が表示されなくなり、高木は携帯で衛星写真を拡大しながら次郎に道を案内した。

窓の外に目を向ければ、まだ十四時だというのになんだか薄暗く、不安な心境も影響してかどこか薄気味悪い。

道はどんどん細くなり、本当にこの先に人が住んでいるのだろうかと、澪の不安は次第に膨らんでいった。

しかし、村を出て三十分程が経過した頃、突如、道の脇に建つ一軒の民家が目に入る。

次郎は一旦車を停めたけれど、その家は屋根の一部が崩れていて、車の中から見ても空き家であることは明らかだった。

「……かなり前から放置されてるようだな。……ただ、集落は近そうだ」

次郎はスピードを緩めたまま、ふたたび車を走らせた。

すると、次郎の言葉を裏付けるように、ぽつりぽつりと民家が目立ちはじめる。ただ、どれも最初に見たものと同様に、すっかり傷んでいて人の気配はない。

そして、さらに車を進めると、突如道の左側にずいぶん広い更地が広がった。雑草で荒れ放題だが、奥に見える森との境界線が直線を引いたようにはっきりとしていて、人の手によって開拓された形跡が見て取れる。

「これが、台風で被害を受けたっていう農地じゃないかな」

高木の言葉に、澪は納得した。よく見れば、かなり曖昧《あいまい》ではあるものの、かつての区分けの跡と思《おぼ》しき人工的な凹凸が確認できる。

「……澪、須川の実家の場所は？」

「あ……、少々お待ちを……」

突如尋ねられ、澪はたちまち我に返り、集落内の地図を開いた。

それは、伊原からメールで送ってもらったもので、須川から相談を受けたときに資料としてメモしていたものだという。

手書きでかなり雑だが、どの地図にも載っていない集落の、貴重な資料だった。

「この地図を見た感じ、この太線で囲ったところが農地跡だとすると……、一本目の辻《つじ》を右に入った突き当たり、でしょうか……」

澪がそう答えると、高木が澪の携帯を覗《のぞ》き込み、航空写真と地図を見比べながら頷《うなず》いた。

「っぽいね。……次郎、とりあえずすぐ先の辻を右に」

「了解」

次郎はゆっくりと車を動かし、言われた通りに細い辻を右に入る。

その道は、奥に見える山へ向かって百メートル近く続いていて、両側にぽつぽつと民家が目に入るが、やはり人の気配はない。

澪はボロボロになった空き家を通り過ぎるたび、表現し難い気味悪さを覚えた。

やがて次郎が車を停めたのは、綺麗《きれい》に整地された広い更地。伊原の地図によれば、須川の実家があった場所だ。

「もうなにも残ってないですね……」

澪がそう言うと、次郎はエンジンを切って車を降りた。

高木と澪もその後に続き、敷地を一周する。

「特別奇妙な気配はないな」

次郎はざっと確認を終えると、小さく溜《た》め息をついた。

「そうですね……。ただ、この辺りの雰囲気がそもそも不気味なので、ちょっとわかり辛《づら》いですけど……」

「確かに浮遊霊は多そうだな。これだけ廃墟《はいきょ》が放置されていたら、いずれはまずいものの類《たぐい》が集まってくるかもしれない。……空気もかなり澱《よど》んでる。呪いの影響かもしれない」

「呪いの影響……」

サラリと言い放たれたその言葉で、澪の背筋が冷えた。

ここへ来ると決めた時点で十分に覚悟をしてきたつもりだったけれど、ここで仁明の呪いが実行されたのだと思うと、いろんな感情が込み上げてきてとても処理できない。

不安を覚えて立ち尽くしていると、ふいに足元にマメが現れ、心配そうに澪を見上げた。

「……マメ」

ふっと気持ちが緩み、澪はマメを抱え上げる。

しかし、マメもなんだか落ち着かない様子で、しきりに周囲に視線を泳がせていた。

「どうしたの……？」

『クゥン』

「マメにとってもあまり気持ちのいい場所じゃないんだろう」

次郎が言うように、マメは力なく耳を下げ、どこか元気がない。

つい最近までマメが消えてしまう不安を抱えていた澪は、慌ててマメを抱きしめた。

「気持ち悪かったら出てこなくていいから……。離れたところにいて……？」

『クゥン』

　マメは大丈夫だと言うように、ぱたんと尻尾《しっぽ》を振る。

「いや、駄目だって。……ほら、私は大丈夫だから。もういいんだってば」

　しかし、どんなに説き伏せようとしても、マメは澪の服にしがみついたまま離れようとしなかった。澪は仕方なくマメをコートの中に包み込む。

「なにか、不安を感じてるんじゃない……？」

　いまだにマメに慣れる気配のない高木が、少し離れたところから心配そうにそう言った。

　澪はコート越しにマメを撫《な》でながら頷く。

「呪いって聞くと、なんていうか……底冷えするような不気味さがありますもんね。人の歪《ゆが》んだ感情から生まれるものなんだろうから、当然ですけど……」

「そうだね。……たとえ、筋の通った怒りから発生したものだったとしても、殺したい程に膨らんだ時点で歪んじゃうよね」

　常に健全な気持ちで生きることは実はとても難しいのだと、澪は第六に入って様々な経験を重ね、嫌という程知った。

　なにかの拍子に感情が歪んだが最後、自分ではどうすることもできない勢いでこじらせてしまう場合があり得ることも。

　恐ろしいのは、それらが決して類稀《まれ》なケースではなく、誰でも陥りかねないという事実。

感情を持って生きている以上それを否定することはできないが、知らずに一生を終えられたならどんなに幸せだろうと思わずにいられない。

考えはじめると、気持ちがずっしりと重くなっていく。すると。

「……おい、いちいち考え込むな。キリがない。……住人を探すぞ」

すれ違いざまに肩を叩《たた》かれ、澪は途端に我に返った。

「は、はい……、そうですね……！」

慌てて次郎の後を追いながら、澪は高木と目を合わせて頷き合う。

次郎が言う通り、ここではいつもの調査以上に気を強く持っていないと、すぐに気持ちが呑《の》まれてしまう。もし一人だったら危険だったと、澪は次郎の背中を追いながらしみじみそう思った。

ただ、――それからしばらく集落の中を歩いてみたものの、住人の姿はまったく見当たらなかった。

通り過ぎる家には、どれも生活の気配がない。

中には、庭に洗濯物が干されたまま朽ちてしまっていたりと、まるで突如人間が消滅してしまったのではと思ってしまうような光景もあった。

「本当にここに住人がいるんでしょうか……」

「うーん……、いるのは確かなんだろうけど……、ここに住むのはなかなか勇気がいるよね……。いくら馴染《なじ》んだ場所だって言っても、これじゃもはやゴーストタウンだ。これだけ気配がない上に畑もないし店もないし、残ってる人たちはどうやって生活してるんだろう……」

「もし、さっきの村に買い出しに出てるんだとしたら、いっそ引っ越せばいいのにって思っちゃいますよね」

　正和の話を聞いたときに覚えた疑問が、ふたたび頭の中に蘇《よみがえ》った。

むしろ、実際に訪れてみたからこそ、想像をはるかに超える寂れ様に、その疑問はより膨らんでいた。

　ここまで酷《ひど》く寂れてしまえば、もはや決断せざるを得ないのではと思ってしまうが、それでもなお残ろうと思う理由がどこにあるのだろうと。

「ここに残って暮らすって、かなり寂しいでしょうね……」

「慣れてるからってだけじゃ、ちょっと説明がつかないよね」

「そう思いますけど……、でも、須川さんのご両親も一年前までは住んでらっしゃったみたいですし……」

「比較的傷みの少ない家もあるから、ここ一年でバタバタと出て行った家が多いのかもしれないよね」

「なるほど……」

　確かに、空き家の中には、最近まで人が住んでいたような雰囲気が漂っているものもあった。

二度にわたる心中騒ぎに、不安を覚えた人間も少なからずいるのだろう。

「叶《かな》うなら、ここから出て行った人たちにも話を聞いてみたいけどね……。ちょっと大掛かりな調査になっちゃうけど」

「それはそうだが、無闇に嗅《か》ぎ回るのも危険だな。まだどこの誰が仁明と繋《つな》がっているか、確定したわけじゃない」

「派手にやって怪しまれでもしたら、こっちが危ないしね……」

次郎たちが言うように、今回はあまり調査の範囲を広げすぎるわけにはいかない。仁明の足取りを摑《つか》む前にこちらの動きが伝わってしまえば、捕まることを危惧《きぐ》した仁明が、どんな手段に出るかわからないからだ。

澪は、自分たちが置かれた状況の危うさを改めて痛感した。

「となると、やっぱり今も残ってる住人の話を聞きたいよね。立ち退きを拒否してる人が加害者の可能性は低いと思うし。……もっとも、今のところ全然見つかる気配がないけど」

高木が言う通り、澪たちが集落を歩きはじめてからはや一時間以上経過しているというのに、それらしき人も家も見当たらない。

この集落は、広い農地の跡と、通りから垂直に延びた四本の道で構成され、それぞれの道沿いに家が並んでいるという構造になっているが、澪たちはすでに三本目の道の端まで辿《たど》り着こうとしていた。

やがて、目線の先に突き当たりの民家が見えはじめたけれど、それは遠目に見ても明らかに空き家で、高木が早々に立ち止まる。

「駄目だ、あそこも住んでなさそう。まだ見ていない道は、あと一本だね。……そろそろ日が傾いてきたし、急ごうか」

澪は頷《うなず》き、高木に続いて踵《きびす》を返す。

しかし、突如マメが澪のコートからふわりと抜け出し、空き家の方へとちょこちょこと歩きはじめた。

「マメ……？　どこに行くの……？」

澪が慌てて追うと、マメはふいに立ち止まり、空き家の方を見つめる。

その視線がなんだか意味深で、澪はマメの横に屈《かが》み、視線の高さを合わせた。――すると。

「あれ……？　なにかある……」

澪の視界に映ったのは、空き家を囲う生垣の陰からチラリと見える、古い石の階段。

どうやら、家の裏側の山へ続いているらしい。

「どうした」

次郎に声をかけられ、澪は階段を指差した。

「あの階段の先にはなにがあるんでしょうか……」

次郎は視線を向けるやいなや、眉《まゆ》を顰《ひそ》める。

「山の上になにかありそうだな。……いかにも足場が悪そうだから、暗くなる前に確認しておくか」

「そう、ですね……」

頷いたのはいいが、集落のはずれから延びる石段はこれ以上ないくらいに不気味だった。

一方、次郎は躊躇《ためら》いなく階段へ向かい、澪は戸惑いながら背後の高木に視線を送る。

「あの階段の上に行くそうです……」

高木は澪と同じ心境のようで、わかりやすく嫌そうな表情を浮かべて澪の肩をぽんと叩いた。

「よく見つけたね。……って素直に言えないくらい気持ち悪いよ」

「す、すみません……」

「まあ、あんな怪しい階段、確認しないわけにはいかないしね。それに、小高いところに出られたら、集落の全体が見渡せるかもしれないし」

高木はそう言って階段へ向かい、澪もマメを抱え上げてその後に続く。

階段の前に立って見上げてみると、それは斜面に沿って延びていて、角度が急な上、人がギリギリすれ違える程度の幅しかない。おまけに手摺《てす》りも柵《さく》もなく、かなり危なっかしい造りだった。

覚悟を決めて足を踏み出したものの、場所によっては石がグラついていたり、いかにも滑りそうな苔《こけ》が生えていたりと、危険極まりない。

澪は足元に集中しながら、注意深く上る。そのとき、ふいに違和感を覚えた。

「次郎さん……、なんだかこの階段、結構使われてるような感じがしません……？」

違和感とは、ところどころに残る、人が通った形跡。

すでに次郎と高木が通った後とはいえ、それだけでは説明できないくらいに、階段のいたるところに苔や雑草が踏みしめられたような比較的新しい跡がある。

「集落にはまだ住人がいるんだし、使っていてもおかしくないんじゃない？」

「そうなんですけど……、残っているのはもう数世帯って話ですし、それにしてはずいぶん通った跡が多いなって。空き家も道も荒れ放題なのに、こんな山の中の頼りない階段だけ使用頻度が高いのは、変じゃないですか……？」

「……確かにそうだな。とすると、この上には住人が日常的に使う場所があるのかもしれない」

次郎は改めて足元を確認した後、階段の上を見上げてそう言った。

「こんなに危ない階段の上にですか……？」

澪には、それがどういう場所なのかまったく見当がつかない。しかし、次郎にはなんらかの心当たりがあるのか、険しい表情でふたたび階段を上りはじめた。

澪はマメを強く抱き寄せながらその後に続く。

そして、ようやく階段を上りきると、木々のない開けた場所に出た。

真っ先に目に入ったのは、十メートル程先に佇《たたず》む小さな屋根付きの祠《ほこら》。

「あれは……」

「なにかが祀《まつ》ってあるな」

次郎は躊躇いなく祠へ向かい、早速観察する。

澪も次郎の後ろからこわごわ様子を窺《うかが》うと、祠には格子の扉が付いており、その前には和菓子の包みとみかんが並べられていた。

「お供えものでしょうか……」

「まだ新しいな」

次郎が言った通り、どちらもまったく傷んでおらず、置かれてからさほど時間が経っていないように見えた。

和菓子はスーパーでよく見るような個包装のものだが、みかんに関しては、ゴツゴツした見た目やヘタに残る枝から、いかにも個人で栽培したものといった雰囲気がある。

「階段を通った形跡があったのは、住人の方がこの祠にお参りにいらっしゃってるからだったんですね……」

「みたいだね。……にしてもずいぶん小さな祠だけど、なにを祀ってるんだろう。土着的な神様かな……」

高木はぶつぶつと呟《つぶや》きながら、格子の扉の中をそっと覗《のぞ》き込んだ。しかし、突如、弾《はじ》かれるように後退《あとずさ》る。

「うわっ……」

「高木さん……？」

「ちょっ……、見て、中……」

その普通じゃない反応に、澪は嫌な予感を覚えつつも、格子の中を覗き込んだ。——すると。

「な……、なんですか、これ……」

澪の背筋がゾクッと冷える。

祠の中にあったのは、一枚の木の板。ただ、それには人の目を象《かたど》ったような図柄がびっしりと描かれていた。

あまりの気味の悪さに、澪は思わず息を呑《の》む。

しかし、次郎だけは落ち着き払っていて、むしろ興味深そうにその板を観察した。

「……騒ぐな。これが御神体だろ」

「え……？　神様ってことですか……？　その板が……？」

「ああ。こういう狭い社会の中で、独特の神が信仰されるのはさほど珍しいことじゃない。さっき高木が言ったように、この辺りの人間が代々信仰してきた土地神だろう」

「なる、ほど……？」

かつて世界中の寺院を回ったという次郎は、宗教的なことに関して、かなり造詣《ぞうけい》が深いらしい。

そんな次郎が言うなら疑う余地はないが、いくら神様だと言われたところで、気味が悪いという印象はそう簡単に変えられなかった。

高木も澪と同意見なのだろう、もはや祠に近寄ろうともしない。

「そりゃ信仰は自由だし文句なんてないけどさ……。でもあんなにびっしりと目が描かれてたら、ちょっと怖いよ……」

「そうか？　むしろ、わかりやすいだろ。目を象徴とする御神体には、見守ってほしいという願いが込められていることが多い」

「いや……、わかりやすさなんて求めてないし……」

「まあ、見張るという意味合いもあるかもしれないが」

「……怖いこと言わないでよ」

「大真面目だ」

ふいに次郎が口にした「見張る」という言葉には、高木だけでなく澪も恐怖を覚えていた。

仁明の行方をこっそりと追っている今の状況においては、つい不吉な予感が過《よぎ》ってしまう。

しかし、黙り込んでしまった澪たちを他所《よそ》に、次郎は立ち上がり、くるりと踵《きびす》を返した。

「ひとまず、これで住人がいることは確実になった。探すぞ」

「そ、そうですね……！」

澪は無理やり気持ちを切り替えて頷《うなず》く。

すると、次郎は一度階段を下りかけ、ふいに立ち止まって下の景色を見下ろした。

「どうしました？」

「たいして上ったような感覚はなかったが、意外と見渡せるな。……まだ行っていない四本目の道はあれか」

確かに、階段の上からは、集落を広く見渡すことができた。澪たちが通ってきた通りや道もはっきりと見え、これから向かう予定の四本目の道には、四、五件の民家が確認できる。

「本当だ……。下から見上げてもこんな開けた場所があるなんて全然わからなかったのに、上からはよく見えますね」

「木が目隠しになってるからな」

上から見た集落は、実際に歩いた印象よりもずっと小ぢんまりして見えた。

それに、下からではよくわからなかった一軒一軒の民家の様子がよくわかる。

中には、屋根に雑草が蔓延《はびこ》っていたり、伸びた庭木の枝が家の壁を突き抜けていたりと、酷《ひど》く荒れた家も多くあった。

それらは、自然に還《かえ》っていく瞬間を切り取ったかのような、どこかうら寂しい印象を受ける。

家は、住む人間がいなければたちまち傷んでしまうという話をよく聞くが、まさにその通りだと澪は思った。

この景色の中では、綺麗《きれい》に整地された須川の実家の跡の方が、むしろ浮いて見える。

「……行くぞ」

「あ……、はい」

ついぼんやりと眺めていた澪は、次郎に促されて慌てて階段を下りた。

そして、ようやく四本目の道の角に立った瞬間、——ふいに、一番手前の民家から、明らかにこれまでとは違う雰囲気を感じた。

どこがと問われるとはっきりとは言えないが、なんとなく、生活の気配が感じられる。

澪たちは顔を見合わせ、その民家に近寄ると、生垣で囲われた敷地の外から中の様子を窺《うかが》った。

「……ここは、人が住んでるね」

最初にそう口にしたのは、高木。

澪は黙って頷く。

かなり年季の入った木造の平家だが、庭も玄関先も小ぎれいで、明らかに人の手がかけられている。

些《さ》細《さい》なことだけれど、ここへ来るまでに散々空き家を見てきた澪たちにとっては、見落としようのない歴然とした違いだった。

決定的だったのは、庭の奥に見えた、たくさんの実を付けたみかんの木。

おそらく、祠の前に供えられていたものだろう。

「きっと、お参りした方ですね」

「訪ねてみるか」

次郎はそう言うと、躊躇《ちゅうちょ》なく玄関へ向かい、早速インターフォンを押した。

家の中から、間延びした音色が漏れ聞こえてくる。

いったいどんな人が住んでいるのだろうと、澪は固唾《かたず》を呑んで応答を待った。――しかし。

しばらく待ってみたものの、住人は顔を出さなかった。

「……留守かな」

高木が呟き、玄関の擦りガラスの奥に目をこらす。

しかし、次郎がふいに庭の奥を指差し、首を横に振った。

「いや、……車がある」

視線を向けると、庭の奥にある納屋の陰に、軽トラックの荷台がチラリと見える。

「出掛けるなら、車がないと無理だろ。この辺りには店どころか自販機すらなく、歩いて行ける範囲には祠しかない。ただ、俺らは祠からまっすぐにここに来たから、祠に行ったならすれ違ってるはずだ」

「そうですけど……、ってことは、居留守を使ってるってことですか……？」

「十分にあり得る。……誰かが訪ねてくる当てがなければ、怪しむのは自然な心理かもしれない」

「……立ち退きの件もあるし、妙な死亡事件が続いてるし、そりゃ警戒するよね……。自分で言うのもなんだけど、ここじゃ俺らは明らかに怪しいし」

確かに、二人の言う通りだった。

ただ、出てきてくれなければ、情報を得ることはできない。

「もう一回、インターフォンを……」

澪は、もう一度インターフォンに指を伸ばす。けれど、次郎がそれを制した。

「余計に警戒させるだけだ。……先に、他の住人を探すぞ」

「そうですね……」

あっさりと庭を出ていく次郎を、澪は慌てて追いかける。

しかし、そのとき。ふいに背後から視線を感じた。反射的に振り返った瞬間、窓にかかるカーテンが不自然に揺れる。

「…………」

「澪ちゃん……？」

やはり居留守だと、澪は確信を持つ。

ただ、だからといって、なにもできないことに変わりはなかった。

「すみません、……なんでもないです」

「そう？……ならいいけど」

澪はそう言うと、もう誰もいない窓へ向かってぺこりと会釈をし、庭を後にする。

その後、さらに奥へと進んだ先に人が住んでいそうな家をもう一軒見つけたものの、そこでも、住民は顔を出してくれなかった。

「思ったより難しいですね……。どうやったら警戒を解いてもらえるんだろう……」

澪たちはひとまず車へ戻りながら、途方に暮れた。

「うーん……、ここにあまり時間をかけたくないんだけどね……。でも、時間的にもう一回訪ねるのは厳しいし……。下手なことをせずにここは一旦《いったん》引き下がって、明日また出直した方がいいかも」

高木が言った通り、辺りはすでに暗くなりはじめている。もはや、高木の意見に従う他なかった。――しかし。

「……いや、外で鉢合わせすれば問題ないだろ」

ふいに次郎がそう口にし、澪は首をかしげる。

「え、でも、どうやって……？　外出するとしても、次郎さんが言ってたように車を使われるでしょうし……。もしかして、家の前で待ち伏せするってことですか？」

「違う。……祠で待っていれば、もしかしたら来るかもしれない」

「あ……、そっか……」

確かに、住人が祠に通っていることは確定しているのだから、それは名案に思えた。

しかし、高木は怪訝《けげん》な表情を浮かべる。

「だけど、警戒させちゃったし、今日はもう出てこないんじゃないかな。そもそも、住人たちがどんな頻度でお参りしてるかわからないし……」

その意見ももっともだった。

お供え物はまだ新しかったし、前に誰かが訪れてから、おそらくそう時間は経っていない。

すると、次郎は首を横に振る。

「人の気配がある家が二軒しかないのに、祠の周囲がかなり片付いていたってことは、かなりの頻度で参っている気がする。一日に一度か二度、もしくはそれ以上。そうでないと、野生動物が寄ってきかねないこんな山の中に食品を放置できないだろ」

「なるほど……、言われてみるとそんな気がしますね……。ってことは、この後もまだ行く可能性があるかも……」

「ただの予想だが、あり得る。さらに、俺らの車を移動させて帰ったように見せかければ、警戒も解くはずだ」

次郎はただの予想と言うが、それは十分にやってみる価値があるように思えた。

「それ、いいですね。……それに、もし今日来なかったとしても、その場合は明日の朝に来る可能性が高くなりますし……」

もし一日に一度でも来る習慣があるならば、今日の夜か明日の朝には会える計算になる。

「……とはいえ、仁明の息がかかった場所では、なにが起きても不思議じゃない。今の時期は日が落ちるのも早いし、待つとしてもせいぜい十九時くらいまでが限界だな……」

「それで十分だと思います。それに、通い慣れている方にとっても、暗くなってからあの階段を上るのは危険でしょうし。……とりあえず車を移動させて、待つだけ待ってみましょう！」

結果、澪たちは集落から少し離れた空き家に車を移動させ、こっそりと戻って祠の傍で待機する計画を立てた。

しかし、車を置いていざ祠に向かうと、すでに辺りはすっかり暗く、足元の見通しも悪い。

実際に暗くなって気付いたのは、祠の周囲には照明がほとんどないという事実。

階段の上下に一本ずつ街灯が設置されているものの、それはかろうじて周囲数メートルを照らす程度の弱々しいものだった。

頼りの綱は月明かりだが、雲が多くたびたび隠れてしまう。

「こんなに暗くなるなんて……。一気に人が来る予感がしなくなりました……」

「まぁ、住人たちは俺らよりもずっと暗さに慣れてると思うけどね……。それにしても、暗いな……」

都心で暮らしていると、日没を意識して行動することはあまりない。

街中で照明が届かない場所なんてほとんどなく、時間にも天気にもまったく影響されない、安定した明るさが保たれているからだ。

だから、たまにこういう場所へ来ると、本来この時間はこんなにも暗いのだと気付かされる。

埼玉ののどかな地域で育った澪は比較的慣れている方だと思っていたけれど、集落の暗さは比にならなかった。

澪たちは、祠の傍に車から運び出したシートを敷き、ブランケットにくるまって人の気配を待つ。

視界が最悪な中では、階段を照らすぼんやりした照明が頼りだった。

時刻は十八時過ぎ。もはや夜のような闇の中、澪は照明に人影が照らし出される瞬間を待ち構える。しかし。

「……次郎、さすがにもう来ないんじゃない……？」

ふいに高木がそう呟《つぶや》いた途端、澪の集中が解けた。

「……十九時までもう少しだろ」

「いや、そうなんだけど……、ここ、やっぱり気持ち悪いよ……」

気配に敏感な高木がそう言うのは無理もなかった。

この寂れきった集落には、明るい時間からすでに得体の知れない気味悪さが漂っていたし、浮遊霊が多そうだと次郎がはっきり明言している。もはや、いつなにが出てもおかしくない。

「言われてみれば、なんだか辺りがザワザワしてる気がします。……晃くんが喜んでカメラを回しそう」

「晃が変なのは今に始まったことじゃないけど、澪ちゃんはちょっと霊に慣れすぎだよ……。そんなのん気な感想言ってる場合じゃないって……」

「でも、今のところ霊障もないですし……」

「これだけ寒いと、少しくらい霊障が起きても気付けないよ」

「そんなまさか……」

澪は思わず笑うが、高木はいたって真剣だった。

澪としても、「慣れすぎ」と言われると、はっきりとは否定できない。現に、伊原からも、たびたび同じことを指摘されている。

思い返せば、第六に入った頃はかすかな気配にもいちいちビクビクしていた。

それを成長と取るかは微妙なところだが、役に立ちたいと強く願い続けた澪としては、その変化が誇らしくもある。

「……なんで嬉《うれ》しそうなの？」

「え？……あ、いえ……、自分が思うよりも慣れたのかもって思うと……」

「嬉しいんだ……？　澪ちゃんも十分変わってるよね。……ただ、あまり危険なことはしないで。ほんと、周りがヒヤヒヤするから」

「肝に銘じます……」

高木に呆《あき》れられ、澪は苦笑いを浮かべた。

ただ、今日に関しては、あまり怖がらずにいられる明確な理由があった。

次郎と高木という頼れる二人がいることももちろんだが、なによりマメがいてくれることが大きい。

普段はいつの間にか姿を消してしまうのに、今日はずっと傍にいて、今も澪のコートの中でうずくまっている。

「マメ、今日はずいぶんベッタリだね」

問いかけると、マメは澪を見上げて瞳《ひとみ》を揺らした。

「……辺りの気配が気になって落ち着かないんだろう。……ここは、なんだか独特だからな」

「やっぱり次郎さんも不穏な感じがしますか……？」

「奇妙な気配があるにはあるが……、あまりにぼんやりしていて、不穏かどうかすら判断できない。……確かに霊障はないが、万が一生き霊や残留思念の類《たぐい》なら俺は詰む。やはり十九時が限界だな」

「そうですね……」

霊障がなくても、一番の頼りの次郎ですらはっきりわからない気配があるという状況はかなり危険だ。

不安になって時計を見ると、時刻は十八時半過ぎ。

リミットまで三十分もなく、澪は、住人が来てくれることを祈りながらふたたび階段の方に集中した。——ものの。

結局、住人が現れることはないまま、あっという間に三十分が経過してしまった。

「明日の朝にもう一度来るしかないですね」

澪がそう言うと、次郎は頷《うなず》き気怠《けだる》そうに立ち上がる。

「ひとまず撤収だ。……高木、戻るぞ」

「………」

「おい、高木」

「あれ？　寝ちゃいました……？　高木さん……？」

ふと嫌な予感を覚えたのは、澪が高木の肩に触れた瞬間。高木は、抱えた膝《ひざ》に顔を伏せ、小さく震えていた。

「次郎さん、なんだか高木さんの様子が……」

「……おい、高木」

たちまち次郎の声が焦りを帯びる。

すると、高木はかすかに顔を上げ、虚《うつ》ろな目で次郎を見つめた。

「なんか……、変、なんだ……」

「変？」

「なんだろう、これ……、頭がすごく、重い……」

「……とにかくここを離れる。肩に摑《つか》まれ」

次郎は高木の腕を強引に抱え上げ、自分の肩に回す。

澪が慌てて逆側から支えると、高木はフラつきながらも、なんとか立ち上がった。

「ごめん……、立ったら少し、マシになったかも……」

「いいから、急ぐぞ」

高木の身になにが起きたのかはわからないが、次郎の焦り方からして、危機感を覚えていることは明らかだった。

とはいえ、高木の足取りはかなりフラついていて、不安定な階段を下るのは、どう考えても危ない。

「次郎さん、高木さんがもう少し回復してからの方が……」

澪は戸惑いながらもそう提案した。

しかし、次郎は首を横に振り、強引に高木を歩かせる。

「妙な気配が濃くなってる。正体は相変わらずわからないが、かなりまずい気がする。一刻も早く離れた方がいい」

「でも、まだ霊障がないですし……」

「いいから急ぐぞ。……あと、これを持ってろ」

次郎は澪にお札を渡し、もう一枚を高木の上着のポケットにねじ込む。

いつもの調査とはかなり勝手が違うけれど、澪は黙って次郎に従うしかなかった。

「わかりました……、とにかく離れましょう……。高木さん、もう少しで階段ですから、足元に気をつけてください……」

「…………」

「高木さん……？」

高木の意識はかなり曖昧《あいまい》だった。

肩にかかる体重がじわじわと重みを増し、澪は不安を覚えながらも、高木を必死に支える。――しかし、そのとき。

『ウゥ……』

突如、マメが唸《うな》り声を上げた。

「マメ……？」

マメは澪の胸元からふわりと抜け出すと、鼻先に深く皺《しわ》を寄せ、階段の方に向かって激しく威嚇をはじめる。

たちまち嫌な予感が込み上げ、おそるおそる階段へ視線を向けた――瞬間。

「なんですか……、あれ……」

心臓が、ドクンと大きく鼓動を打った。

澪の目に映ったのは、見たこともないなにかが、ゆっくりと階段を這《は》い上がってくる姿。

一見すると人の形をしているが、人でないことは漂う雰囲気から明らかだった。とはいえ、霊と言い切るには、まるで実体があるかのように輪郭がはっきりしすぎている。

そして、その顔にはゾッとする程表情がなかった。まるで埴輪《はにわ》のように、平坦《へいたん》な顔の上にただぽかんと穴が空いている。

しかし、その無機質な表情とは裏腹に、階段を上る動作には強い意志が感じられた。

ギシッと木が軋《きし》むような奇妙な音を響かせながら、一歩ずつ着実に迫ってくる。

やがて、階段を上りきると、それはあやつり人形のようなぎこちない動きで立ち上がり、澪たちに向けてカクンと首を動かした。

「次郎、さん……」

「…………」

次郎は、珍しく絶句していた。

おそらく、次郎ですらも、目の前にいる不気味なものがなんなのか、判断できないのだろう。

ただ、どんなに混乱していたとしても、確実に言えるのは、澪たちにとって友好的な存在ではないということ。

「と、とに、かく……、逃げましょう……」

澪は背後を確認しながら、じりじりと後退《あとずさ》った。

しかし、昼間にも確認した通り、祠《ほこら》の裏は深い山。灯《あか》りなんて当然なく、がむしゃらに逃げれば遭難しかねない。

それに、今は意識がほとんどない高木を支えている。

心の中を、じわじわと絶望が支配しはじめていた。そうこうしている間にも、目の前のなにかは、確実に澪たちの方へと迫ってくる。

動きが酷《ひど》く遅いことは、不幸中の幸いだった。——しかし、そのとき。

澪はふと、その手に握られた、物騒なものに気付いた。

暗さではっきりとはわからないが、それは、おそらく刃物。先端は包丁のように鋭く尖《とが》り、濡《ぬ》れた艶《つや》を放っている。

「次郎、さん……」

たちまち全身が強《こわ》ばり、澪は次郎を見上げた。

すると、次郎は我に返ったように目を見開く。

「……山の中に逃げるしかない。高木は俺が支えるから、お前は背後に注意を払いつつ、携帯で足元を照らしてくれ」

「わ、わかりました……」

澪は携帯を取り出すと、電源が入っていることを確認し、ひとまずほっと息をついた。

霊障が弱いせいか、携帯にも影響はないらしい。

澪は急いで照明を点《つ》け、背後に広がる森を照らした。

見る限り人が通ったような跡は見つからないが、無理にでも進むしかなかった。澪は高木を次郎に任せ、鬱蒼《うっそう》とした森に足を踏み入れる。

幸い、傾斜はあまりなく、澪は足元に蔓延《はびこ》る植物を踏み倒しながら、次郎に手招きした。

「ここ、なんとか通れそうです……。私の後に続いてください」

「了解」

そして、澪たちはひたすら山の奥へ向かって歩き続けた。

冬も間近に迫るこの季節、夜の山に地図もなく入っていくなんて普通に考えれば自殺行為だが、そんなことに構っている余裕などない。ただただ恐怖から逃れるように、携帯の照明を頼りにひたすら先へ進む。

やがて、二十分程歩き続けた頃、次郎がふいに足を止めた。

「大丈夫ですか……？　疲れましたよね……？」

澪はそう尋ねながらも、追いつかれる恐怖から何度も来た道を確認する。

一方、次郎はさっきよりもやや落ち着いた様子だった。

「……奴の動きはかなり遅いらしい。気配が徐々に遠くなってる」

「撒《ま》けたってことですか……？」

「もしかすると、お札のせいで俺らの気配が曖昧になっているのかもしれない。……霊障はないが、お札が効くとなるとやはり地縛霊の類《たぐい》か……」

「にしては、ちょっと変すぎませんか……？　霊にしてははっきりしてたし、刃物のようなものまで……」

「……確かに、見た目はまるで木偶《でく》人形のようだったな。俺もあんなものは見たことがない」

木偶人形という表現は、言い得て妙だった。

思い返せば、動くたびに木が軋むような音を鳴らしていたし、何者かに操られているような、どこか不安定な動きをしていた。

「あの木偶人形みたいな霊、私たちを狙っていたんでしょうか……」

「わからない。……むしろ、アレの元がなんなのかすら不明だ。……なんとなく、人間じゃない気がする」

「そんなこと、あり得ます……？」

霊とは、つまり人の魂や念。元が人でないとすると、もはや霊とは呼べない。

「いや、普通はない。……俺も、おかしなことを言ってる自覚はある」

次郎はそう言うと、木の根本に高木を下ろし、その横にぐったりと座り込んだ。高木を抱えて二十分も山道を歩いたのだから、体力はもはや限界なのだろう。

「……悪い。ここで少し休憩する」

「いえ、今のうちに少し休みましょう……。少しは体力を回復させないと……」

澪もまた、慣れない山道を歩いたことはもちろん、足元や背後に気を配っていたせいで、精神的にも肉体的にも疲労困憊《こんぱい》だった。

しかし、立ち止まった途端に山の冷たい空気がじわじわと体温を奪い、澪は両手で体を摩《さす》る。

「寒いですね……」

「……ブランケットを持ってくる余裕なんかなかったからな。とりあえず、一箇所に固まってた方がいい。このままじゃ凍死する」

次郎に手招きされ、澪は高木の横に腰を下ろす。

しかし、次郎は自分と高木との間に隙間を作り、澪を促した。

「俺らは筋肉があるからまだマシだ。お前が動けなくなると困る」

「すみません……」

二人に挟まれるという、冷静になればとんでもない絵面だが、今はそんなことを気にしている場合ではなかった。

遠慮がちに二人の間に潜り込むと、両側から体温が伝わり、冷え固まった体がわずかにほどける。

ただ、この状態でいつまで耐えられるかは正直疑問だった。

まだぐったりしている高木も心配だし、平然として見える次郎だって、寒くないはずがない。

なのに、次郎は小さく膝《ひざ》を抱える澪を見て、おもむろに自分が羽織っていたコートを脱ぎ、澪の上に被《かぶ》せた。

「ちょっ……、次郎さん、駄目です……！　次郎さんが凍えます……！」

「いいから黙って羽織ってろ。俺は寒さには強い」

「でも……！」

「お前は寒がりの癖に薄着すぎる」

「そ、それは反省してますけど……、まだ秋なのに、山がこんなに冷えるなんて想定外で……。そういえば、地主さんの奥さんにも同じこと言われ……あ！」

突如大声を出した澪に、次郎が眉《まゆ》を顰《ひそ》める。

「おい……、あまり大きい声を出すな。さっきの木偶人形に見つかったらどうする」

「す、すみません！　でも、これを思い出して……！」

澪がポケットから取り出したのは、地主の家からの帰り際に千賀子が持たせてくれた使い捨てカイロ。

いろいろあってすっかり忘れていたけれど、ジャケットのポケットを探ると、全部で三つのカイロが出てきた。

「ないよりマシですよね……？」

澪はそれをすべて開封し、一つを無理やり高木の手に握らせ、もう一つを次郎に押し付ける。

夜の山の寒さの中では、まさにないよりマシ程度のものだが、指先が温まるだけで気の持ちようが全然違った。

「感謝しなきゃ……」

澪が思わず呟《つぶや》くと、次郎はやれやれといった表情で木の幹に背中を預ける。

「諸悪の根源かもしれないのに、か」

「それは、そうなんですけど……。ただ、本当にあの人たちが関係してるのかなって、どうしても信じられなくて……」

「カイロくらいでほだされるなよ」

「別にそういうわけじゃ……」

否定したものの、正和と千賀子の穏やかな雰囲気や、まるで子どもを心配するかのような優しさに、調子が狂ったのは事実だった。

仁明と繋《つな》がっているのがあの夫婦であってほしくないと、心のどこかで願っている自分がいる。

「初対面なのに優しくしてくれて、まるで親みたいに心配してくれて……、いかにも人に好かれそうな人たちだったなって……。会った瞬間に心を開かせるような、独特の空気感があるっていうか……」

集落では代々長《おさ》のような立場にいたと話していたし、おそらく、人から頼られることには慣れているのだろう。

ただ、二人には、それでは説明できないくらいの、それこそ最初から疑ってかかっていた澪をあっさりと戸惑わせてしまうくらいの、圧倒的な穏やかさがあった。

「だが、あえてそれを演出してる場合もある」

「そう見られるように繕ってるってことですか……？」

「いくらでもいるだろ、そんな奴。詐欺師なんて皆そうだ」

「さすがにボロが出るんじゃ……」

「本来の自分と大きく乖離《かいり》していればそうだが、程度はともかく人から受ける印象を繕うことなんて誰でも普通にやってる。演技してるうちに、それがだんだん自分の本質になり変わることもある」

「……ってなると、もう見抜きようがないじゃないですか……」

「見抜けなくとも、疑うことはできるだろ」

返す言葉がなくなり、澪はカイロを手の中で弄《もてあそ》ぶ。

もちろん、次郎の言葉を否定したいわけではなかった。むしろ、次郎がそうならざるを得ないような経験を積んできたのだと思うと、胸が苦しかった。

黙り込む澪に、次郎は大袈裟《おおげさ》に溜《た》め息をつく。

「お前、いつか怪しい宗教に心酔しそうだな」

「……そうなったら全力で止めてください」

「まず否定しろ」

次郎は呆《あき》れながらも、小さく笑い声を零《こぼ》した。

極限の状況だというのに、澪の心がわずかに緩む。

ただ、次郎が宗教と口にした瞬間、澪の頭の中には、祠《ほこら》で見た御神体のことが浮かんでいた。

たくさんの目が描かれた御神体には、正直、ゾッとした。それに、「見張るという意味合いもある」と話した次郎の言葉が、頭から離れてくれない。

「っていうか……、独特な神様を祀《まつ》っているから、独特な霊が出る、なんてことはないんでしょうか……」

澪は、木偶《でく》人形の姿を思い出し、次郎にそう尋ねた。

すると、次郎はわずかに瞳《ひとみ》を揺らす。

「わからないが……、あんな特殊な霊が出るとなると、一般的じゃない理由があることは確かだ。それが御神体の影響かどうかまでは言えないが」

「なにもわからないって、すごく怖いですね……」

澪がまだ知らないことならいくらでもあるだろうが、次郎がこんなにも困惑することは過去になく、余計に不安だった。

しかし、そのときふいに、ひとつの案が浮かぶ。

「そうだ……、東海林《しょうじ》さんに聞いてみたらどうでしょう……？　東海林さんなら、もしかしたらなにか思い当たるかも……」

霊のことに関して、次郎よりさらに多くの知識を持つ人間といえば、思いつくのは東海林ただ一人。

　すると、次郎が目を見開いた。

「……冴《さ》えてるな」

「よかった！　まだ二十時前ですし、電話したらきっと出てくれますよね……」

　澪は早速携帯を取り出し、東海林の番号を表示させる。――しかし、そのとき。

「……待て」

　通話ボタンをタップしかけた瞬間、次郎が澪を制した。

「え……？」

　顔を上げると、次郎は口の前に人差し指を立て、周囲に視線を彷徨《さまよ》わせている。そのただならぬ様子に、たちまち嫌な予感が過《よぎ》った。

『ウゥ……』

　しばらくおとなしくしていたマメも突如顔を起こし、耳をぴんと立てて警戒を露《あら》わにしている。そして。

「……気配が近い」

「気配ってまさか……、木偶人形の……？」

「しかも、おそらく一体じゃない。……囲まれてる」

「え……？」

　それは、絶望的な言葉だった。

　カイロで温《ぬく》もったはずの指先が震え、心臓がドクドクと鼓動を速める。澪には気配を正確に探ることはできないが、次郎とマメの様子から、かなり緊迫した状況であることは明らかだった。

「に、逃げなきゃ……」

　澪は狼狽《うろた》え、慌てて立ち上がる。

　しかし、次郎がその手首を摑《つか》んだ。

「……無理だ。……やり過ごすしかない」

「でも……、このままじゃ……」

「いいから。静かに」

　その声は、思ったよりも落ち着いていた。なにか考えがあるのかもしれないと、澪はふたたび腰を下ろす。

　すると、次郎はポケットからお札の束を取り出した。

「木偶人形がここまで来るのにずいぶん時間がかかったことを考えても、やはりこれは効いていると思う」

「でも……、近寄ってきてるってことは、完全に効いてるわけじゃないってことですよね……？　だったら、いずれ見つかっちゃうんじゃ……」

「いや、一枚でこれだけ効いたなら、結界を張ればなんとかなる。……多分」

　語尾が曖昧《あいまい》なのは、次郎にとっても確実だと言い切れない不安があるのだろう。つまり、上手《うま》くいく保証はない。

ただ、囲まれているという次郎の言葉が本当ならば、今も動ける状態ではない高木を連れて逃げるのはかなり無理があった。

つまり、今の澪たちには、結界に賭《か》ける以外の選択肢がない。

「やってみましょう……」

澪がそう言うと、次郎は頷《うなず》き、早速一枚のお札を背後の木の枝に結び付けた。そして。

「お前はここから動くなよ」

そう言い残すと、左回りに移動しながら、次々と木の枝にお札を結んでいく。

そして、間もなく、澪たちを取り囲むように直径三、四メートルの結界が完成した。調査で使うような、床に並べただけのものとは少し違うが、次郎が張った結界ならば、その効力はおそらく強い。

作業を終えた次郎は、元の場所に戻るとほっと息をついた。

「これで、ひとまず安心ですか……？」

「マトモに効けばな」

まだ少し不安が残るけれど、今は、結界を信じるしかなかった。

澪は黙って周囲の気配に集中する。

相変わらず、木偶人形の気配はよくわからない。

ただ、結界を張った効果か、高木がゆっくりと顔を上げた。

「あれ……？　ここは……」

「高木さん……。大丈夫ですか？　ここは祠の奥の山です……。おかしな霊が出て、逃げてきたんです」

「運ばせたのか……、ごめん次郎……。なんだか、ずっと気持ち悪くて……。こんなこと、これまでにないからどうしたらいいのか……」

意識を戻したとはいえ、高木はかなり辛《つら》そうだった。

次郎は、平然と首を横に振る。

「気にするな。お前は相変わらずレーダーとして役に立ってる」

「……複雑だけど報われるよ。ってか、おかしな霊……？」

「それが……、霊なのは確かだと思うんですけど、霊障もないし、輪郭が妙にハッキリしていて……、見た目もなんだか人形みたいなんです。私たちは木偶人形って呼んでいて……」

「木偶……人形……？」

「はい。信じられないかもしれないですけど、動きもカクカクしていて、本当にどこから見ても……」

「——ま、まさか……、あれのこと……？」

「え……？」

言葉を遮られて顔を上げると、高木は青ざめた表情で一点を見つめていた。

澪はおそるおそる高木の視線の先に顔を向ける。

辺りは暗くてよくわからないが、瞬間的に違和感を持ったのは、風ひとつない森の中、いたるところから聞こえる、草木が揺れる不自然な音。

どうやら、周囲でなにかが動いているようだった。

じわじわと緊張が込み上げる中、澪は暗闇に目をこらす。

そのとき、突如雲の切れ間からかすかな月明かりが届き、森の中に、見覚えのある姿が照らし出された。

「……っ」

悲鳴を上げそうになり、澪は咄嗟《とっさ》に手で口を塞《ふさ》ぐ。

それは、間違いなく木偶人形だった。それも、一体や二体ではなく、確認できるだけでも七、八体が辺りを徘徊《はいかい》している。

「私たちを、探してる……」

絶望的な予想が頭を過ったけれど、それは逆に言えば、結界が効いているという証明でもあった。

「一歩遅れていたら、終わってたな」

横で次郎がそう呟《つぶや》く。

確かにその通りだと思うものの、今の澪にはそれを素直に喜べる程の余裕がなかった。

しかも、木偶人形は、少しずつ数を増しているように見える。これだけの数がいて、本当に見つからないのだろうかという不安がどうしても拭《ぬぐ》えない。

やはり、隙を見てここから離れた方がいいような気がした。――しかし。

突如、澪の右肩にずっしりと重みがのしかかる。

見れば、高木が澪の肩にぐったりと頭を預け、意識を失っていた。

「た、高木さん……？」

腕を引っ張っても反応はない。朦朧《もうろう》としながらもかすかに意識を繋《つな》いでいたさっきまでとは違い、今度は完全に気絶している。

怖がりで霊障に敏感な高木の気絶癖は今に始まったことではないが、こうなると、もはや逃げるという選択肢はなくなったも同然だった。

「……持ちこたえた方だろ」

焦る澪を他所《よそ》に、次郎はむしろ予想通りとばかりに動揺ひとつ見せない。そもそも、移動するという発想がないのだろう。

しかし、不安と恐怖でギリギリの精神状態を無理やり保っていた澪は、次郎のように落ち着いてはいられなかった。

「で、でも……」

すると、次郎は目の前で威嚇していたマメを抱え上げ、澪の膝《ひざ》に乗せる。そして。

「なんとかなる。お前は凍える心配だけしてろ」

そう言って、困ったように笑った。

次郎にとっても経験のないことばかりが起きているはずなのに、澪を落ち着かせようと宥《なだ》めてくれる姿に、気持ちがわずかに冷静になる。

澪は頷き、ゆっくりと深呼吸をした。

周囲を見渡せば、木偶《でく》人形は相変わらず結界の周囲をウロウロしているが、相変わらず澪たちに気付く気配はない。

木偶人形はみるみる数を増やしていくが、姿形はどれもほぼ同じで、まるで大量生産された人形のようだった。

いったいこれが何物なのか、いくら考えても澪にはまったく想像がつかない。

そのとき、ふと、さっきは中断せざるを得なかった、東海林から助言を仰ぐ案を思い出した。

携帯を取り出し、電源が入っていることを確認すると、澪は東海林の電話番号を表示させる。

「次郎さん、私、東海林さんに電話してみようと思うんですけど……、結界の中だったら大丈夫ですよね……？」

「問題ないとは思うが、保証はない。異変が起きたらすぐに切れよ」

「……わかりました」

発信ボタンをタップすると、すぐに呼び出し音が響く。

結界の外で繰り広げられる恐ろしい光景を目の当たりにしながらの待ち時間は、やたらと長く感じられた。

やがて、プツッと通話が繋がった音が響き、思わず携帯を持つ手に力が籠《こも》る。――そして。

「――厄介なことになっているようですね」

開口一番、東海林はそう言った。

「え……？　えっと……」

思いもしない反応に、あらかじめ用意していた説明がすべて吹き飛んでしまい、澪は口ごもる。――しかし。

「その異常な気配は、呪いの一種ですよ」

その言葉で、説明の必要がないことを察した。

「呪い……？　っていうか……、どうしてわかるんですか……？　東海林さん今どこに……。私たち、い、今……」

「だいたい把握できます。大丈夫ですから、落ち着いてください」

「大丈夫……って」

「ええ、大丈夫です」

あまりにはっきり大丈夫だと言い切られた瞬間、限界まで張り詰めていた心が一気に緩んだ。なぜだか涙が込み上げ、澪はしゃくり上げながら、携帯を力強く握る。

すると、東海林の穏やかな笑い声が響いた。

「澪さん、どうか落ち着いてください。……呪いと言いましたが、見た目程恐ろしいものではありません。むしろ、恐怖を煽《あお》る目的であえて見た目をおぞましくした、ただのハリボテです」

「ハリボテ……？」

「ええ。念で動いていますので、存在としては式神に近いですね。……もちろん、込められた念の種類はまったく違いますが、いずれにしろ人に直接危害を加えられるような強い力はありません。禍々《まがまが》しい気配はあるでしょうが、おそらく、たいした霊障はなかったのでは……？」

「……たしかに……。私には、ほとんど……」

「でしたら、ご安心ください。やはりそれは複雑な呪いではありません」

木偶人形という表現はある意味正しかったのだと、澪は思った。

ただ、安心する一方で、なぜそんなものが徘徊しているのかという謎は拭えていない。

すると、澪の疑問を察したのか、柔らかかった東海林の声色が突如真剣味を帯びた。

「ただ、――その呪いの主に関しては、ちょっと穏やかではないですね。何者か存じませんが、あまり関わらない方がいいかと」

「……それって……」

「とても危険な人物だと思います。私はむしろ、現代にそんな禍々しい呪いを扱う者が存在することに驚きました」

「…………」

澪は言葉を失う。

思い当たる人物は、仁明以外にいない。

この場所にハリボテと表現されるような呪いを施す目的はわからないが、おそらく仁明は、想像していた以上にこの集落に深く関わっている。

ショックでなにも言えないでいると、電話の向こう側から緊張が伝わってきた。

「澪さん。……その様子だと、呪い主に心当たりがおありなんですね」

あっさりと見透かされ、澪は震える声を絞りだす。

「……はい。でも、関わろうと思ってるわけじゃなくて……。その人のせいで、たくさんの人が死んでしまいそうで……」

「それを阻止したい、と。……詳しい事情は聞きませんが、安易に呪いを扱う者にロクな人間はいません。たとえ止めることができても、どうせまた同じことを繰り返すかもしれませんよ」

「わかってます。……でも、居場所を知りたいんです。……そしたら、あとは警察に任せようと思って……」

「警察……ということは、すでに法で裁ける罪を犯している者なんですね。……なるほど、察しがつきました」

勘のいい東海林は、もはや相手が仁明であることに気付いているのだろう。

第六リサーチ設立の前から次郎と交流があった東海林が、吉原不動産で起きた一連の事件を知らないわけがない。

当時、仁明の存在は大きく報道され、様々なメディアで霊感商法を働いた詐欺師だと騒がれていた。しかし、東海林ならば、仁明の力が本物であることを察していたはずだ。

東海林はしばらく沈黙し、やがて、小さく溜《た》め息をついた。

「……ひとまず、その件は置いておきましょう。……ともかく、そのハリボテについてですが……、それら自体は思考を持たず、意思もありません。おそらく、なんらかの発動条件と、ごく単純な指示が仕込まれています」

「発動条件と、指示……？」

「ええ。発動条件は……たとえば日没など。……指示は、せいぜい〝動く者〟や〝体温のある者〟を追うといった、単純なものかと」

「なる、ほど……」

東海林の話には、説得力があった。

指示通りに動いていただけだと考えると、なにひとつ感情が伝わってこない無機質な雰囲気にも納得がいく。

「目的は知りませんが、夜中に動く者を狙った罠《わな》なのかもしれませんね」

「あの……、今、次郎さんや高木さんと一緒で、山の奥まで逃げてきて結界を張って隠れているんですけど……、危害を加える力がないなら、戻っても大丈夫ってことですか

「……？」

澪は尋ねながら、周囲を見渡す。

木偶人形のカクカクとした動きは気味が悪いが、動きは相変わらず遅い。

危険がないのなら、少々無茶をしてでも、集落まで戻った方が安全なように思えた。

――しかし。

「ただ、……万が一触れてしまえば、呪い主に伝わってしまう可能性があります」

「伝わるって、触れた人間のことがですか……？」

「ええ。そこも式神と同じで、干渉した者を知る方法はあると思います。どこまでの情報が伝わるのかはわかりませんが」

東海林のひと言で、澪の案はあっさりと消えてしまった。

木偶人形の数は徐々に増えているし、たとえ集落へ逃げたところで、ここより多い可能性も十分にある。そうなれば、触れずに逃げられる保証はない。

「それは、避けないと……」

「でしたら、そこで待機された方がいいかもしれません。発動条件があるということは、停止条件もあります。発動が日没なら、停止はおそらく夜明け。……少々長いですが、大丈夫ですか？」

「……頑張ります」

「そうですか。……なにかあったら、すぐに連絡を。本音を言えばすぐに行って差し上げたいのですが、実は今、佳代と中国の成都《せいと》に来ておりまして」

「え、中国……？　旅行中だったんですね……。すみません、こんな電話……」

「ちょうどホテルに戻ったところですし、大丈夫ですよ。今回は、本場のパンダを見たいという佳代の希望を叶《かな》えに来ました。戻ったら折り紙でパンダを折りますので、是非、見にいらしてくださいね」

「はい……、必ず行きます……」

　佳代の話が出た途端、心がふわりと温かくなった。

　佳代の魂との再会を果たして以来、東海林は失われた時間を取り戻すかのように、様々なところへ出掛けている。

　最近は、佳代の魂が入った市松人形に触れた途端に東海林と見たものが次々と伝わってきて、澪は、佳代からそうやって思い出を見せてもらうことをいつも楽しみにしていた。

　おそらく東海林は、不安な澪の心情を気遣い、あえて佳代の話題を出してくれたのだろう。

　澪は何度もお礼を言って通話を終え、頭を整理するために一度ゆっくりと深呼吸をした。

「次郎さん、良い報告と悪い報告が……」

「大丈夫だ、ほぼ聞こえてた。……とりあえず、朝まで待つのが賢明だな」

「……そう、ですね」

次郎はそう言うと、もはや朝を待つ覚悟を決めたのか、木の幹にぐったりと背中を預けた。

ただ、辺りの気温はさっきよりもさらに下がっていて、薄着の次郎があまりに寒々しく、澪は次郎が貸してくれたコートを脱ぎ、戸惑いながらも半分を次郎の膝《ひざ》にかけた。

「……おい」

「さ、さすがに朝までは長いので……、コートを借りたせいで次郎さんが凍死したら吉原家から永久に恨まれます……」

「そんなわけあるか」

「今はあるってことにしてください……。それに、二人分の熱がこもった方が温かいので、暖を取らせてもらえればと……」

「…………」

咄嗟《とっさ》の思いつきで言った言葉だったけれど、実際に、膝にかけたコートの中は、肩にかけていたときよりも暖かく感じられたし、次郎も諦《あきら》めたのか、それ以上なにも言わなかった。

高木の様子を窺《うかが》うと、意識が戻る気配はないものの、表情はとくに辛《つら》そうに見えない。

澪はひとまず安心し、念のため高木のコートの襟を立ててやると、いつの間にか地面に落ちていたカイロを高木のジャケットの胸ポケットに滑り込ませた。

「真冬だったら一時間も耐えられなかったかも……。考えようによっては幸運ですね……」

「いくらなんでもポジティブすぎるだろ」

「ネガティブよりはいいじゃないですか……」

東海林と話したお陰か、恐怖や焦りはかなり落ち着いていた。すでにいつも通りの会話ができている自分の図太さが、今はありがたく思えてならない。

澪にとって、図太さとは、数々の経験が身になっている証《あかし》であり、いずれは、どんな状況においても冷静さを失わない次郎のようになりたいと密《ひそ》かに願っていた。

「次郎さん、寒くないですか……？」

「耐えられない程でもない。……お前は」

「待ってさえいれば大丈夫だってことがわかって安心したせいか、さっきよりマシです。……それに、木の幹って思ったより暖かいかも……」

「……都心のＯＬのセリフじゃないな。ただ、日の出まで六時間くらいあるぞ」

「長いですけど……、高木さんみたいに寝てたら早く感じるかも……。かなり歩いたせいか、すでに少し眠いですし……」

「……逞《たくま》しすぎるだろ」

ついに、次郎が笑い声を零《こぼ》した。

呆《あき》れられてしまったと自覚していながらも、なんだか可笑《おか》しくなって、澪もつられて笑う。

二人の間には、状況とは不釣り合いな穏やかな空気が流れていた。

「寝れるなら寝てろ。……自分で思う以上に体力を消耗してるはずだ」

「次郎さんは……？」

「俺は見張ってる。それに、少々寝なくても問題ない」

「駄目です……、次郎さんの方が絶対に疲れてるんだから、交替で見張りましょう……」

そう言いながらも、すでに瞼《まぶた》はずっしりと重く、澪は慌てて目を擦《こす》る。

すると、次郎は仕方ないとばかりに溜め息をついた。

「わかった。起こすからお前が先に寝ろ」

「……絶対、ですよ……？」

念押しのひと言を最後に、澪は意識をゆっくりと手放す。

知らない森で奇妙な呪いに囲まれ、普通に考えればこれ以上ないくらい極限の状況だが、左右から伝わる体温が、澪を安心させた。


「——ええ。……消えてました。……はい。澪も高木も無事です。……ありがとうございました」

澪が目を覚ましたとき、空はうっすらと白んでいた。

まだぼんやりした視界には、少し離れたところで電話をかける次郎の姿。体を起こすと、澪の体は次郎のコートですっぽりと覆われていた。

どうやら、一度も起きることなく深い眠りについていたらしい。

昨晩自分の図太さを自覚したばかりだが、これでは呆れられても仕方がないと改めて思った。

そして、ようやく覚醒《かくせい》しはじめた頭にふと過《よぎ》ったのは、木偶《でく》人形のこと。

慌てて周囲を確認してみたけれど、それらしき姿はどこにも見当たらない。

「……起きたか」

声をかけられて見上げると、電話を終えた次郎がほっとした様子で澪を見下ろしていた。

「す、すみません……、爆睡してました……っていうか、薄々そんな気はしてましたけど、やっぱり起こしてくれなかったんですね……」

「いや、何度も肩を揺らしたが、ビクともしなかった」

「う、嘘……！」

「冗談だ」

「…………」

冗談を言う次郎はかなり珍しい。ただ、そのお陰で、もう危険な状況は脱したのだと実感した。

「さっきの電話、東海林さんですか……？」

「ああ、報告した。……やっぱり東海林さんの言う通りだったな。あの人は本当に頼りになる」

「……能力者にも、いろいろな人がいますね」

「まあ、それは能力者に限ったことじゃないが。……とりあえず、高木を起こして戻るぞ」

「はい……！」

澪は頷《うなず》き、高木の肩にそっと触れる。

「高木さん……、起きてください……？」

何度か名を呼ぶと、高木はようやく目を開け、呆然《ぼうぜん》と辺りを見渡した。

「あれ……？　どこだっけここ……」

「森の中です。昨晩のこと、覚えてないですか……？」

「えっと……、薄《う》っすらと……。ただ、自分がどれだけふがいなかったかだけは予想できるから、あまり思い出したくないな……」

高木はそう言うと、手のひらで額を覆う。

澪は慌てて首を横に振った。

「そもそも、高木さんが調べてくれなきゃこんなに早く集落に来ることはできなかったんですから、ふがいなくなんてないです。……ってか、私も爆睡だったし……」

「……ありがとう。そう言ってもらえると少しは気が軽くなる……」

「とりあえず、集落に戻りましょう。……正直、ここがどこなのかは全然わからないですけど……」

「山の中なら地図は当てにならないけど、コンパスのアプリがあるし、方向がわかればなんとかなると思う」

「よかった……」

高木は立ち上がって辛そうに体を伸ばすと、携帯で地図を開き、集落の方位を確認する。

「意外と離れてないかも。あっちに向かえば戻れそうだよ」

「……よし。散々な目に遭ったが、行くぞ」

そして、三人はようやく集落へ向かった。

祠《ほこら》に辿《たど》り着いたのは、出発してから十五分弱が経過した頃。

昨晩は視界が悪かった上、意識の曖昧《あいまい》な高木を連れていたこともあって思うように動けなかったけれど、帰りは思ったよりも早く戻ることができた。

目線の先に祠の屋根が見えた瞬間、澪はようやく安心する。

そして、放置したままのブランケットやシートを片付けながら、昨日の壮絶な出来事を思い返した。

「昨日は長い一日でしたね……。それにしても、もっとずっと森の奥まで迷い込んでしまったような感じがしてましたけど、戻って来られてよかったです……」

「昨晩は手付かずの山に見えたが、明るくなってから見ると、思っていた程険しくなかったようだな。案外、集落の人間は日常的に立ち入ってるのかもしれない」

ふと思い出すのは、この辺りの山では狩りが盛んだという話。昨晩は霊のことしか頭になかったけれど、あの状況で猪にでも遭遇していたらと思うと、今さらながら怖くなった。

「遭難しなかったし、危険な動物も出なかったし、考えようによっては幸運でしたね……」

澪は丸めたブランケットを抱え上げ、しみじみと呟《つぶや》く。――すると、そのとき。

「……なんだ、あんたらは……、こんなところでなにを……」

突如知らない声が聞こえて視線を向けると、階段の前に、年配の男がずいぶん驚いた様子で立っていた。

「あ……、す、すみません……、えっと、森の中で迷ってしまって……！」

咄嗟《とっさ》にそう言うと、男は警戒を滲《にじ》ませる。

「森に……？　嘘をつくな……！　夜の山に入って無事なわけがないだろう……！」

「う、嘘じゃないです！　たった今戻ってきたところで……」

「いや、ここらの山には夜になると亡者が出る。会えば絶対に只《ただ》では戻って来られないはずだ」

「でも現に……って、亡者……？」

「ん……？　あんたらまさか、昨日ウロウロしてた三人か……？　帰ったと思っていたのに、まだいたのか」

「え……？」

　男は気になることを次々と口にするが、質問する隙を与えてくれない。ただ、男が手から下げた袋にはみかんが入っていて、澪は、この男は昨日訪ねた家の住人だと確信した。

「あの……、住人の方ですよね……？　昨日はいきなり訪ねてしまってすみませんでした。私たちは……」

「言わなくてもわかる。どうせ伊東の代理で立ち退き交渉しに来たんだろう。最近めっきり来なくなったと思ったが、ついに業者に丸投げしたってことか。奴らは大切な守り神をも見放したくらいだから、まあ納得だが」

「え、ちょっと待っ……」

「さっさと帰ってくれ。話を聞く気はない」

　相変わらず会話にならず、澪は困惑する。

　すると、ふいに高木が澪の前に立った。

「——誤解です。交渉しに伺ったわけではありません。……私たちは、一年前にここへ住んでいた須川さんの知人なんです」

高木は完璧《かんぺき》な営業スマイルを浮かべ、深々と頭を下げた。

「は？……須川さんというと、心中した……」

「ええ。正しくは息子さんの知人です。須川さんご夫婦が息子さんを訪ねて東京にいらしていた際に、ご縁があって、仲良くさせていただいておりました。お二人は、この集落のことをよく話されていて、自然豊かなとても良いところだとおっしゃっていたので訪ねてみたいと考えていた矢先に、あんなことに……。先日命日でしたので、遅ればせながら供養もかねてやって参りました」

あまりにスラスラと嘘を言う高木に、澪は面食らう。

いくらなんでも怪しまれるのではと思ったけれど、男は、交渉に来たのではないと知った途端、他のことにはまったく興味がないとばかりにあっさりと警戒を緩めた。

「確かに須川さんの息子は東京に出たと聞いたし、農業を辞めてからは、二人で旅行やらなんやらでしょっちゅう出掛けていたな。……息子から東京に住むよう勧められているがいつも断っていると何度も聞いた。あの二人は俺と同じく、この集落に骨を埋《うず》めたいと言っていたからな」

「ここをとても気に入ってらっしゃったんですね」

「まあそうだが、それだけじゃない。俺らは他の奴らのように、お百目《ひゃくめ》様を裏切ったりしない」

男はそう言いながら、祠の前まで歩き、手にしていたみかんを並べて和菓子の包みを新しいものに置き換えた。

「お百目様……？」

妙な響きが気になって聞き返すと、男は祠に手を合わせ、それからゆっくりと立ち上がる。

「お百目様とは、この祠にお祀《まつ》りしている守り神様だ。この集落を大昔から守ってくださっている。……ほんの八年前までは集落に住む誰もが敬虔《けいけん》な信者だったのに、たった一度の天災ごときで多くの者が見放してしまった」

どうやら、昨日次郎が話していた通り、この集落では独特な神様が信仰されていたらしい。しかも、男の話しぶりから察するに、かなり熱心に。

「そういえば、須川さんご夫婦もその天災以降に農業を辞めたと伺いました」

高木が尋ねると、男は曖昧に頷《うなず》く。

「須川さんだけじゃない。なにせ、すべての畑が完膚無きまでに壊滅したからな。……大昔からこの集落には、お百目様のお怒りに触れると天災が起こるという言い伝えがある。だから、本来ならばあのときの天災を、より信仰を捧《ささ》げよというお百目様からのお告げと取るべきだった。……なのに、皆が立ち去ってしまったせいで、さらに怒りを買ってしまった。……もはや、お百目様の怒りは鎮まらない。ついには夜になると亡者が徘徊《はいかい》するようになった」

澪たちは顔を見合わせた。亡者と聞いて脳裏に浮かんだのは、昨晩澪たちを追ってきた木偶《でく》人形のこと。

ただ、もし同じものを指しているのなら、この男の目にも視《み》えることになる。

「……ちなみに、視たことが？」

どうやら、次郎も同じ違和感を覚えたらしい。しかし、男はさも当たり前といった様子で、あっさりと頷いた。

「当たり前だ。夜中に窓を開ければそこら中にいるからな。……あんたらもこんなところにいたなら視ただろう。呪われているかもしれないから帰ったらお祓《はら》いしなさい」

「……呪われる、というのは？」

「なんだ、疑うのか？……ここらの人間には誰一人として疑う奴なんかいないぞ。なにせ、もう住人が何人も呪い殺されているからな」

　呪い殺された住人というのは、おそらく、心中したとされる須川の両親たちや、突然死した住民のことを言っているのだろう。

ただ、澪には、それ以前の大きな疑問が浮かんでいた。

「あ、あの……、ちょっと待ってください……。その、夜に出歩くと亡者が出るとか、呪い殺されるとか、それがどうしてお百目様の祟《たた》りだってわかるんですか……？　誰が言い出したんでしょうか……」

　澪たちの中では、住人の死も木偶人形も仁明の仕業だという確信がすでにある。

そして、この集落の中で、住人たちの信仰心を利用し、呪いはすべてお百目様の祟りだとこじつけた人間は、仁明と繋《つな》がっている可能性が高い。

すると、男はいかにも不快そうな表情を浮かべる。——そして。

「地主の伊東だよ」

さらりとそう言い放った。

澪の心が、鈍く疼《うず》きはじめる。

「伊東さんが……？」

「そもそも、この一帯を開拓したのも、お百目様を祀って信仰をはじめたのも伊東家の先祖だからな。今はすっかり寂れているが、昔はもっと賑《にぎ》わっていて、地主の伊東家は大昔から代々この辺りの長《おさ》だったし、お百目様は畑を見守ってくださる神様として、住人たちにとっては心の拠《よ》り所だった」

「……それが、天災が起きる前までの話ですね」

次郎が、確認を取るように質問を挟む。

おそらく、すでになんらかの答えを導き出しているのだろう。

澪は続きを聞くのがなんだか恐ろしく、震えそうな手を強く握り締めた。

「そうだ。……まさに、天災が起きた頃から、突如伊東の様子が変わった。いきなり、この土地は呪われたと言いはじめたんだよ。住民たちに、この土地を捨てろと触れ回って、自分たちもお百目様を放ったらかして近くの村にあっさりと逃げた。当時は農業を廃業して途方に暮れていた住民が多くいたから、ほとんどは伊東の説得に簡単に応じた。

……だが、俺を含む一部の住人たちは、伊東はショックでおかしくなったのだろうと噂し、どんなに説得されても断固拒否した。というのも、俺たちにとってお百目様を放って逃げるなんて、もっての外だった。……そもそも、大昔からそうなるべく集落全体に影響を与えてきたのは伊東家だぞ」

男が語った集落とお百目様との繋がりは、歴史が長くとても深いものだった。

伊東家の先祖が集落を作った大昔、お百目様を信仰の対象として掲げた理由は、おそらくそう複雑なものではなかったのだろう。

かつては、全国各地の氏神がそうであるように、人々が助け合い繋がり合うための象徴として祀られたのだと考えられる。

しかし、狭い社会だからこそ、年月が流れるとともに住民たちの中で唯一の信仰対象であるお百目様の存在は大きくなっていき、信仰心は子へと受け継がれた。そして、まさにこの男のように、集落がほぼ壊滅してもなお信仰を止めないくらいの熱心な信者が増えていったのだろう。

それは、――もしかすると、お百目様を祀った伊東家の人間すらも想定し得なかったことだったのかもしれないと、澪は思う。

だとすれば、伊東から住民たちに、土地を売りたいから立ち退きをしてほしいなんて、とても言い出せなかったはずだ。

だからこそ、立ち退いてもらうためには、自分たちの利益のためだと知られないような、どうにもならない理由が必要だった。――たとえば、呪いのような。

　そこまで考え、澪は途端に息苦しさを覚える。

　頭に伊東夫妻の優しい笑顔が過《よぎ》り、額にじっとりと嫌な汗が滲《にじ》んだ。ハンカチを取ろうとポケットに突っ込んだ手が固くなったカイロに触れ、指先が震える。

　混乱と動揺が、抑えられなかった。

　一方、男は淡々と続きを口にする。

「その頃から奇妙な事故が相次ぎ、住民たちが次々と怪我をした。最初は偶然だと思っていたが、それはだんだんエスカレートし、ついには死人がでた。……俺も、これは本当に呪いだと、お百目様のお怒りに触れたのだと考えはじめた。だから、裏切り者の伊東の代わりに、お百目様を鎮めなければならないと思った。……だというのに、突如、この山に開発計画があるという噂を耳にしたんだよ。つまり、伊東がこの集落の土地を売り払ったってことだ。奴は本気でお百目様を見捨て、この呪われた土地を見限ったんだ。……心底怒りが湧いた。俺は奴らの思う通りにはさせないし、死ぬまでここを離れる気はない」

　男の話を聞きながら、その考察にはひとつ大きく間違っている箇所があると澪は思っていた。

　ただ、伊東は呪われていたから土地を手放したのではなく、そもそも土地を売ることを目的に住民たちを殺そうとしているなんて、口に出せるはずがなかった。

伊東は、住民たちの信仰心を利用し、死をちらつかせれば皆が出て行くと考えたのだろう。

しかし実際は逆であり、この男のようにより強い信仰を捧げる者が現れてしまった。そして、仁明の手を借り呪いをかけるという極端な手に出た結果、多くの人間が死んだ。伊東夫妻が醸し出すいかにも善人といった雰囲気が、今はむしろおそろしく感じられた。

震えが止まらなくなった澪の背に、高木がそっと触れる。——そして。

「では、……夜中に亡者が徘徊するようになってもなお、ここを出て行かれるおつもりはないんですね」

高木が念を押すように尋ねると、男は躊躇《ためら》いもなく頷いた。

「さっきも言った通りだ。……お百目様は俺たちをずっと守ってくださった。たとえ伊東が見放そうが離れる気はないし、お怒りならばなおさらだ。亡者を視て、あまりの恐怖に去った者も多くいるし、もはや集落に残っているのはたった二人。もう一人も俺と同じ、身寄りのない男だ。どちらも失うものなんかないから、なにも怖くない」

「……そうですか」

「もういいかい？……あんたらも早く出て行きなさい。死にたくないだろう」

男はそう言うと、階段を下りていく。

その後ろ姿を、澪はしばらく呆然《ぼうぜん》と見つめていた。

静かになった山の中を、次郎の重い溜《た》め息が響く。

「俺らが見た木偶人形、――夜中に現れる亡者は、伊東が夜中に身動きを取りやすくするために仕込まれたものかもしれない。……人の目に触れることなく、住人の家に呪いを仕込むために」

「私……、東海林さんから〝恐怖を煽《あお》る目的であえて見た目をおぞましくした、ただのハリボテ〟だって聞いたとき、なんの目的でそんなことをするんだろうって思ってましたけど……、住人を怖がらせて、夜に家から出さないようにするためのものなら、納得いきますね……」

「住人たちにも視えるとなると、そうとしか考えられない」

「……あの人、放っておいたら……」

「いずれは殺されるだろうな」

次郎がそう言い切り、澪は息を呑《の》んだ。

「じゃあ、近いうちに、あの人の家に須川さんのご実家で見つかったような呪いのお札を仕込みに来るってことですよね……？　それって、なんとか止める方法はないんでしょうか……。いっそ、呪いは全部伊東さんの仕業だって明かして、逃げてもらうように説得できたら……」

「そんなことをバラしたところで、憎しみが増すだけでなんの解決にもならないだろ。呪いがあろうがなかろうが、あの男が集落に居続ける理由はお百目様だ。……亡者の姿を視てもなお住み続けられるくらいだぞ。俺らの説得なんかに応じるわけがない」

「じゃあ、伊東さんが夜中に呪いを仕込みにくるのを待ち伏せるとか……」

「次にいつ実行するかわからないのに、現実的じゃない。すでに二度の心中が新聞にも載っているし、一度は警察も動いてる。今はかなり慎重になってるはずだ」

「で、でも……」

どんなに否定されたところで、澪は、人が呪い殺されることがわかっていながら黙って見過ごすことができなかった。

しかし、澪自身、この呪いを阻止することがいかに難解かを察している。

というのも、住人が頑《かたく》なに出て行かないのなら、伊東の方をなんとかする以外にないが、仁明と繋《つな》がっている伊東の説得を試みたところで、シラを切られた上に仁明にすべて報告されてしまえば終わりだ。あまりにもリスクが高すぎる。

次郎や高木も同じことを考えていたのだろう、しばらく重い空気が流れた。——そして。

「伊東の説得は無理だろうな。そもそも、人を呪い殺しておきながら、動揺ひとつせずに完璧《かんぺき》な善人を演じられるような人間が、俺らの話を聞くはずがない」

まさに、次郎の言う通りだった。

あの優しさがすべて演技ならば、あの二人に付け入る隙があるとは思えない。

悩みながらも、頭の中にはもはや、打つ手がないという結論が広がりはじめていた。

澪はそこから無理やり目を逸《そ》らすように、首を横に振る。

「でも、なにか一つくらい方法が……」

「勘付かれたら終わりだぞ。無茶はできない」

「だけど……！」

つい大きな声を出してしまい、澪は慌てて口を噤《つぐ》む。

すると、高木が澪の肩にそっと触れた。

「澪ちゃん、落ち着こう。……さっき次郎が言ってたように、伊東さんも慎重になってると思うから、すぐに呪いを実行する可能性は低いと思う。だから、一度戻って作戦を練ろうよ」

「高木さん……」

「俺や次郎だって悲劇を生みたくない気持ちは同じなんだから、一人でそんなに焦らないで。それに、俺らには東海林さんっていうすごい人も付いてるんだし、助言をもらって、こっちの安全も確保した上で進めた方がいいと思わない？」

「……はい」

優しく諭され、澪は冷静さを失っていたことを自覚した。

高木は穏やかに笑い、次郎は肩をすくめる。

「行動も思考も暴走癖が直らないな」

「……すみません」

「まあまあ。それが澪ちゃんの長所でもあるから。とりあえず、民泊の鍵《かぎ》を返しに行って、一旦《いったん》東京に戻ろう。……ってか、民泊無駄になっちゃって、勿体《もったい》なかったね」

自分のせいで、二人に気を遣わせてしまっていることが申し訳なかった。

ただ、今回ばかりは暴走が命取りになることを重々理解していたし、不安を残しながらも高木の言う通りにするしかなかった。

澪たちはひとまず祠《ほこら》を後にし、車へ向かう。

そして、村へ向かう道中、澪は膝《ひざ》の上で丸まっているマメの背中を撫《な》でながら、昨日からの出来事を頭の中でゆっくりと整理した。

どうしても頭から離れてくれないのは、やはり、伊東夫妻のこと。

つい、カイロを渡してくれたときの千賀子の笑顔を思い出してしまって、澪は慌てて首を横に振った。これだけ状況証拠が揃っていてもなお、あのときの優しさを思い出すと、どうしても信じたくない自分がいる。

あれはすべて善人に見せるための演技だったのだと思うと、とてもやりきれない。

「……人を疑うって、すごく精神力がいるんですね」

無意識に呟《つぶや》くと、ルームミラー越しに次郎と目が合った。

「お前はいいからぼーっとしてろ。……疑うのはお前の役割じゃない」

「役割、って……」

首をかしげると、高木が小さく笑い声を零《こぼ》す。

「チームなんだから、苦しいことを全部抱える必要はないってことだよ」

「いや、向いてないことをしてもロクなことがないって意味だ」

「……そんな憎まれ口叩《たた》いても、澪ちゃんも俺も額面通り受け取る程の浅い付き合いじゃないでしょ。……そんなの、次郎が一番わかってるくせに」

次郎が黙り、高木が楽しげに笑った。

二人の会話を聞いていると、ふいに、第六に配属されたばかりの頃の思い出が頭を過《よぎ》る。

思えば、当時は、まったく性格の違う二人がどうして仲が良いのだろうと不思議に思っていた。

けれど、今は、二人の間にある特別な信頼関係がよくわかる。それはきっと、共に越えてきた多くの苦難によって築かれたものなのだろう。

そんな特別な関係性に、自然に澪の名前を並べてくれる高木の優しさが、とても嬉《うれ》しかった。——しかし、そのとき。

「……次郎、あそこ……」

突如、高木が正面を指差した。

なんだか、嫌な予感がした。

視線を向けると、フロントガラス越しに広がるのは、村の景色。けれど、その一箇所から、真っ黒な煙が空へと立ち昇っていた。

「……火事だ」

頭で理解するよりも早く、次郎がそう口にする。――そして。

「あっちは伊東さんの家がある方角だよね……？」

高木の言葉に、澪の心臓がドクンと大きく鼓動を打った。

「え……？」

澪は混乱し、後部シートから身を乗り出す。

煙の量から考えても、明らかに小さな火事ではなかった。

やがて、消防車と救急車のけたたましいサイレンが響き、道路の反対車線から次々と赤い車両が向かってくる。

「近寄れそうにないな。……ひとまず民泊に車を停める」

「そうだね。民泊は少し小高いところにあったから、状況が見えるかも」

次郎は頷《うなず》き、急いで車を走らせ、やがて民泊の敷地に車を入れた。

澪は居てもたってもいられず、車が停まると同時に車から降り、煙の方へ視線を向ける。

そして、真っ先に視界に入ったのは、真っ赤に炎を上げる、この村でひときわ大きな屋敷。

もはや、それ以上の確認は必要なかった。

「なんで……」

とても信じ難い光景だが、辺りに漂う煤《すす》の臭いが、これが現実であることを物語っている。

やがて、消防車の放水がはじまり、少しずつ炎の勢いが収まっていく中、二台の救急車がサイレンを鳴らしながら屋敷から走り去って行った。

運ばれたのは、伊東夫妻で間違いないだろう。

そう思うと、激しい目眩《めまい》を覚えた。

澪の横では、次郎が神妙な顔で伊東の家を見つめている。

「……無関係ではないだろうな」

その言葉がなにを意味するか、今はあまり考えたくなかった。

けれど、どんなに拒否しても、頭が勝手に仮説を導き出してしまっている。この火事は、――仁明の仕業であると。

「でも……、どうして伊東さんを……」

「……わからないが、証拠隠滅の可能性が高い。なんらかの手段で、自分の動向が探られていることに気付いたのかもしれない」

「それって、仁明が近くにいるってことですか……？」

「そうとは限らない。離れた場所から様子を知る方法くらいいくらでもある。……あの火事も、いつでも発動できるようすでに仕込まれていたんだろう。依頼者だろうが、自分にリスクが及ぶようならあっさり消すだろうからな」

「つまり……、私たちが探りを入れたせいで、二人が……」

全身が震え、澪はふらりとよろける。

咄嗟《とっさ》に次郎に背中を支えられたものの、もはや膝に力が入らず、澪は地面に座り込んだ。

「こんなことになるなんて……」

「……自分たちの手を汚していなくとも、あの二人がやったことは大量殺人だ。呪いに手を染めれば、それなりの代償を払うことになる。……それに、図らずも、集落に残っている住人の命は当面保証された」

「わかってます……。でも、脅されてたってことはないんでしょうか……。利用されただけとか……」

「マインドコントロールされ、いいように駒にされてた可能性はあるが、少なくとも集落の件に関しては違う。住民を追い出すことで利があるのは、あの二人の方だろ」

「そう……、です、けど……」

次郎の言いたいことは、もちろん理解できる。

もし本当にマインドコントロールされていたなら、善人の演技をしていたというよりは単純に罪の意識が無かった可能性が高い。

澪にそれを見破れるはずがないし、それを自覚していながら伊東夫妻を信じたいなんて、無理があることもわかっていた。

ただ、仁明からこうもあっさりと見限られた事実が、繋《つな》がりの希薄さを象徴しているようで、この期に及んで完全に疑いきれない自分がいた。

仁明が、人の命をまるで盤上の駒のように軽々しく扱うことはよく知っていたはずなのに、ついかすかな可能性を探ってしまう。

「……あの様子じゃ、軽傷じゃ済まないだろうね。正和さんは足が悪かったし、逃げようにも……」

高木が澪の横に膝をつき、重々しい口調でそう呟いた。

澪には、それを聞いてなにを願えばいいのか、むしろ、それをどんな感情で聞けばいいのかすらわからなかった。

ただ、混乱しきった頭でも、ひとつだけ、確実に言えることがある。

「とりあえず、……仁明の居場所を知る方法はなくなったな」

まさに、次郎が呟いた通りだった。

少なくとも、伊東夫妻が回復するまでは知る術《すべ》はない。もちろん、その頃にはすでに雲隠れしているだろう。

そして、澪は大きな不安を抱えていた。

「次郎さん……、仁明は、自分を嗅《か》ぎ回る人間の素性をどこまで知ることができるんでしょうか……。もしかして、もう私たちのことだって気付いてたり……」

あっという間に原形を失った屋敷を見ながら思うのは、明日は我が身かもしれないという恐怖。

次郎は少し間を置き、首を横に振った。

「どんな術を使うかわからないから、なんとも言えない。……それも、東海林さんに相談する」

「……わかりました」

「心配するな。どんな情報が流れていようと、向こうは指名手配されてる。安易に身動きが取れない」

「そう、ですよね」

頷いたものの、そう簡単に不安は拭《ぬぐ》えなかった。

もしかすると、今この瞬間もすべて見られていて、いずれ命を狙われてしまうのではと、恐ろしい想像ばかりが浮かぶ。

けれど、――それでも、関わってしまったことへの後悔はなかった。

理由が思い当たるとすれば、一つしかない。

仁明が生きている可能性が生じて以来、澪の心の中で、徐々に薄れていたはずの怒りが当時のままに蘇《よみがえ》っていく感覚を覚えていた。

むしろ、次郎が時折浮かべる寂しい表情を見るたび、そして、傍に一哉の存在を感じるたびに覚えたやり場のなかった憤りが、向けるべき相手が現れたことで一気に膨らんだような気がしている。

あの頃、澪は大切な人たちの辛《つら》そうな表情を嫌というほど見てきた。そして、当事者ではないからこそ見える苦しい景色があることを知った。

本当は、なにひとつ整理できていなかったのかもしれないと、澪は思う。

「——澪？」

ふいに名を呼ばれ、澪はハッと我に返った。

「す、すみません……。ぼーっとしてました……」

「………」

訝《いぶか》しむような視線を向けられ、思わず目を逸《そ》らす。

けれど、次郎はなにも言わず、澪の手首を引いて立ち上がらせた。

「帰るぞ。……ここで俺らにできることはない」

澪は頷き、次郎に続いて車に乗る。

帰りの車の中で交わした会話を、澪はあまり覚えていない。

心の中では複雑な感情が交錯し、まるで不安定な場所に立っているような心許《こころもと》なさがいつまでも付き纏《まと》っていた。

*

その後の高木の調べによると、伊東夫妻は全身に酷《ひど》い火傷《やけど》を負ったものの、かろうじて命を取り留めたらしい。

とはいえ、回復までには長い時間が必要で、話を聞くのは当面難しいということだった。

ただ、次郎は、たとえ話ができたとしても、二人が真実を明かすとは思えないと言った。

仁明の居場所を知る方法はもうないと再確認した澪たちは、モヤモヤした気持ちを抱えながらも、間もなく帰国するという東海林を待ちながら、ひとまず日常に戻るしかなかった。

「——澪先輩、どうしました？　ぼんやりされて……」

集落の調査から、十日。

澪は、まだ火事を目の当たりにしたショックが尾を引いていて、考え込むことが増えた。

沙良に声をかけられ我に返るという流れを、日に何度も繰り返している。

「別に澪ちゃんはいつもぼーっとしてるんだから、むしろ通常営業でしょ。……って言いたいところだけど、なんか表情が神妙だよね。大丈夫？」

晃にも心配され、澪は慌てて表情を繕う。

そして、咄嗟に財布を持って立ち上がった。

「お腹すいてるからかも。……ちょっとコンビニに行ってくる」

「……相変わらずの高燃費」

「ごめんね。……行ってきます」

「ちょ……、反論してくれないと僕がすごい悪者みたいじゃん……」

「溝口さんは、澪先輩への態度があまりに失礼です」

「ほら、こうなる……！」

　二人の言い合いが聞こえていながらも、澪には返す余裕がない。とくに午前中は、こういう状態が続いていた。

「……夜中に怖い夢でも見てるのかな……」

　エレベーターを待ちながら、つい零《こぼ》れるひとり言。

　というのも、最近の澪は、起きた瞬間にどっと疲れている感覚がある。記憶にはないが、うなされる心当たりがあるだけに、否定できなかった。

　やがて、到着したエレベーターに乗ると、ふいに足元にマメが姿を現す。

「マメ……、どしたの？」

『クゥン』

「心配してくれてる？……ごめんね、ありがとう」

　澪はマメを抱え上げ、一階のボタンを押した。

　エレベーターは、いつも通りゴォンと大袈裟《おおげさ》な音を鳴らしながら動きはじめる。——

　しかし、そのとき。

突如、足元から突き上げるような衝撃に襲われた。

「っ……！」

悲鳴を上げる余裕すらなく、澪はバランスを崩して床に倒れ込む。

全身の痛みに堪えながらなんとか体を起こしたものの、照明が落ちていて、エレベーターの中は完全な闇に包まれていた。

「こ、故障……？」

ただ、故障ならば非常灯が点《つ》くはずなのに、それすらもない。いくら設備が古いといっても、そんなことは起こり得ないはずだ。

澪は混乱しながらも、手探りで非常連絡ボタンを探す。しかし、左右の感覚すらわからない状況で、触れたこともないボタンを探し当てるのは、さすがに困難だった。

澪は思い立ってポケットから携帯を取り出す。

けれど、電源が落ちていて、触れてもまったく反応がない。

まさか、と。

頭を過《よぎ》ったのは、ここでは起こり得ないと思っていた仮説。

「これって……、霊障……」

第六がこのビルに入った頃、東海林によってよくない浮遊霊はすべて祓《はら》われ、エレベーターにはお札が貼られている。

とはいえ、照明が落ち、携帯の電源が落ちるとなると、もはや霊障である可能性を否定できなかった。

そう考えた途端、肌に触れる空気の冷たさに気付く。

「マメ……、次郎さんを……」

震える声でそう言うと、マメの気配がスッと消えた。

この時間、次郎は吉原不動産にいる可能性が高い。マメが呼びに行けば、すぐに来てくれるだろう。

澪はとにかく冷静になろうと、ゆっくりと呼吸を繰り返す。――そのとき。

ギシ、と。

乾いた木が軋《きし》むような、奇妙な音が響いた。

同時に込み上げる、嫌な予感。

なにかがいる、と。澪は辺りの気配に集中する。

すると、ほんの数十センチ先に、突如、ぼんやりと白いものが浮かび上がった。

最初に目に入ったのは、木目。

そして、そこにぽっかりと空いた、二つの穴。

「っ……」

その姿には、見覚えがあった。むしろ、忘れられるはずがなかった。

澪の目の前に迫っているのは、集落の森で視た、木偶《でく》人形。穴が空いただけのなんの感情も映さない目が、澪をじっと捉《とら》えている。

恐怖で呼吸すら忘れ、澪はただ硬直していた。

やがて、木偶人形はギシギシと気味の悪い音を鳴らしながら、澪の顔にゆっくりと手を伸ばす。

「……やめ、て……」

パニックの最中、澪の心の中にあるのは、恐怖と、それを上回る絶望。

この木偶人形は、仁明が使う呪術だ。つまり、仁明は自分を嗅《か》ぎ回った人間がここにいることに気付いている。

もはや、その正体すら、かつて自分が殺した一哉の関係者であると察しているかもしれない。

しかし、――澪は、今まさに澪に触れようとしている木偶人形の動きから、頭にひとつの可能性が過っていた。

あの夜、東海林は、触れてしまえば呪い主に伝わると言った。だから、あのときは、絶対に触れられないようにとわざわざ朝を待った。

そして、今こうしてふたたび木偶人形が現れ澪に触れようとしているということは、仁明はまだ澪たちの素性までは摑《つか》んでおらず、追えているのは、自分を嗅ぎ回る人間がいるという事実だけなのではないかと考えられる。

ただの仮説だが、もしそうだとするなら、触れられるわけにはいかなかった。

澪は震える体を必死に動かし、木偶人形の脇をすり抜け反対側の壁に移動する。

すると、ギシッと音が鳴り、木偶人形が向きを変える気配がした。

相変わらず動きは鈍いが、ここはエレベーターの中。いつまでも逃げられるとは思えず、澪は焦りを覚える。

「……次郎、さん……」

無意識に口から零れる次郎の名。

すると、そのとき。

突如、エレベーターがガタンと動き、澪はふたたび床に投げ出された。

慌てて姿勢を起こすと同時に、照明が点《とも》る。エレベーターの中には、もう木偶人形の姿はない。――そして、澪の体の上には、お札を咥《くわ》えたマメの姿があった。

「マメ……」

おそらく、次郎からお札を預かって駆けつけてくれたのだろう。澪は一気に気が緩み、マメを力一杯抱きしめる。

そして、まるでなにごともなかったかのように動きだしたエレベーターは、一階で扉を開けた。――そして。

「次郎……さん……？」

扉の前には、酷《ひど》く動揺した次郎の姿。

次郎は澪の腕を引いてエレベーターから引っ張り出すと、膝《ひざ》を付いてぐったりと項垂《うなだ》れた。

「……焦った」

いつになく憔悴《しょうすい》しきった様子に、澪の恐怖が曖昧《あいまい》になる。

次郎がここまで冷静さを欠く理由は、おそらく、マメが慌てて呼びに来たことで、仁明が関わっていることを察したからだろう。

普段はあまり態度に出さないけれど、次郎にとって仁明は、自分の大切な人を奪った因縁の相手だ。おまけに、能力では敵《かな》わないことがわかりきっている。

次郎はいつか、もう誰も失いたくないと言った。

危険を承知で集落へ出向き、仁明の居場所を知ろうとした理由も、その気持ちからだと澪はもちろん気付いている。そして、ふたたび自分の周りが侵食されることを誰より恐れていることも。

「……次郎さん、大丈夫です……」

澪がそう言うと、次郎はようやく顔を上げる。

「あの……、エレベーターに乗ったらいきなり木偶人形が出てきて……、で、でも、触れられてないので、まだバレてないと思……」

「……そんなことはどうでもいい」

言葉を遮られ、澪は口を噤《つぐ》む。

すると、次郎はゆっくり立ち上がり、エレベーターの中に入ると、中をぐるりと見回した。そして、ふいに天井の端で視線を止める。

「……自身は身動きが取れなくとも、どうやら指示通りに動かせる人間がいるみたいだな」

「え……？」

「アレを仕込んだ仲間がいるらしい」

「アレ……って」

次郎が指差す方に視線を向けた澪は、言葉を失う。

天井の隅に、いつもはないはずの奇妙なものが吊《つ》り下がっていた。

それは、真っ黒に焦げた木製の人形。忘れもしない、伊東の家で見た大量の民芸品の中の一つだ。

「なんで……」

「おそらく、あれが木偶人形の元だ。呪いには人を象《かたど》ったものを使う。山を徘徊《はいかい》していた奴らも、伊東の家に大量にあった人形が提供されていたんだろう」

次郎の言葉を聞きながら、澪は、どうしても二人を疑いきれなかった最後の希望が脆《もろ》く消え去る感触を覚えていた。

これを見てしまった以上、もはや、どうやっても伊東夫妻を庇《かば》うことはできない。

ただ、今は自分の甘さを痛感している場合ではなかった。

「……隠しもせずに堂々と吊るしてるところを見ると、警告かもしれない」

次郎がふいに、恐ろしいことを口にする。

「警告……？」

「関われば、お前らもこうなるって言いたいんだろ」

「…………」

澪の背筋がゾクッと冷えた。

それは、火事を目の当たりにした澪には、十分過ぎる程に脅しの効果があった。

「……霊障は？」

「えっと……、照明が消えて、携帯の電源が落ちて……」

「なら、山の木偶人形より複雑な呪いが仕込まれている可能性があるな。……触らない方がいい。東海林さんに見せるまで、エレベーターは封鎖する。階段を使うよう皆にも伝えてくれ」

「わかり、ました……」

淡々とした指示が、逆に不安を煽《あお》った。

なかなか立ち上がれないでいると、次郎が澪の正面で屈《かが》む。

「澪」

「……降りませんよ、私は」

「……は？」

なんとなく、お前はもう手を引けと言われるような気がした。先手を打ってそう言った澪に、次郎が目を見開く。

どうやら見当違いだったらしいと察したものの、もはや後には引けなかった。

「……降りません」

「降りるもなにも、今はなんの手がかりもないだろ」

「……一人で暴走しないでくださいね」

「お前が言うのか」

「言います。……私は大丈夫です。怖くないです、仁明なんて」

「おい……」

「……私が次郎さんを守ります」

恐怖からか、混乱からか、おかしなことを口走っているという自覚はあまりなかった。

次郎はしばらくポカンとした後、やがて深い溜《た》め息をつく。

困らせてしまったと、冷静になりはじめた頭に少しずつ後悔が押し寄せていた。

しかし、次郎は突如、小さく笑い声を零《こぼ》す。

「……腰が抜けてる奴に守ってもらうのか、俺は」

「ぬ、抜けてないです……！」

「じゃあ早く立て。……俺にはお前を抱えて十階まで上る体力はないぞ」

「し、失礼です……！　ってか歩けますから！」

思わず大声を出すと、次郎は立ち上がり、非常階段へ向かう。

そして、扉を開けると、振り返って目を細めた。

「じゃあ早く来い」

その表情があまりに優しく、澪の心臓がドクンと揺れる。

どうして喜んでいるんだろう、と。

浮かんだ疑問を、澪は尋ねることができなかった。

過日の事件簿

嵐の前の一局

「――お前は、母親のことをなにも聞かないんだな」

それは、高木が、祖父であり仁明の兄にあたる高橋達治《たかはしたつじ》に連絡を取ったときのこと。

用件をすべて聞き終えた後、達治は唐突に、高木にそう尋ねた。

「興味ないので」

躊躇《ちゅうちょ》なくそう答えると、達治は黙り込む。

嫌な沈黙だと、高木は思った。

そもそも、もう関わることもないだろうと思っていた達治に連絡をしたのには、深刻な事情がある。


ことの発端は、昨日次郎からの電話で告げられた「仁明が生きているようだ」という衝撃的な報告。

しかも、今もまだ懲りずに悪事を働いているという。

それを聞いた瞬間、高木はここしばらく経験がないくらいに動揺した。

「俺は、奴の居場所や現況を調べようと思う。……放っておいても、この稼業を続けている以上はいずれ関わることになる気がする」

なにも言えなくなった高木に、次郎はいたって冷静にそう続ける。

そのとき、ふと、ひとつの疑問が浮かんだ。

「どうして俺に教えてくれたの……？」

単独行動は、昔から次郎の専売特許だ。

一哉のことに関しても、それこそ第六物件管理部を作るまでは、誰にもなにも明かすことなくたった一人で調べていた。むしろ第六を作ってからも、肝心なこと程一人で抱え込み、事前に相談を受けたことなんてほとんどない。

しかも、今回は、他でもない仁明のことだ。

仁明は高木の大叔父《おおおじ》。つまり、一哉の命を奪ったのは高木の血縁者であり、普段の次郎なら、高木に知られないようにことを運ぼうとするはずだった。

次郎は、しばらく黙っていた。

どうやら言い辛《づら》いことがあるらしいと察した瞬間、ふとひとつの予想が浮かぶ。

「もしかして、仁明のことを調べるってなると、まずは白砂《しろすな》神社の高橋達治さんに確認を取るんだろうし、そしたらいずれは俺に伝わると思った……？」

「高木」

「だとしたら、心配いらないのに。……あの人は俺の連絡先なんて知らないし、大体、いちいち連絡寄越《よこ》してくるような間柄じゃないよ。次郎だって知ってるでしょ、いくら血が繋《つな》がってるっていっても、ほとんど会ったことないんだから」

こうしてサラサラと言葉が出るときは、少し、自分を誤魔化している。

血筋を含め、自分自身と向き合うことをできるだけ避けてきた高木が、最近になってようやく気付いた癖だ。

無難な言葉なら、いくらでも言えた。それは次郎に対しても例外ではない。――けれど。

「違う。できれば、お前にも協力してほしい」

次郎から返されたのは、まったく想定外の言葉だった。

「え?……えっと」

「協力してくれ。……そういえば、高橋達治への情報収集も必要だな。忘れてた」

「あの……」

「……無理にとは言わないが」

「いや、そうじゃないよ。……ってか、俺に勘付かれたときのことを考えて、先手を打って明かしてきたんだと思ったから、協力してほしいってのは意外で……」

混乱した高木は、思わず自分の考えを明かす。

すると、次郎は少し言いにくそうに言葉を続けた。

「正直、俺は隠して進めることを考えてた。……が、澪に相談したら高木は〝こっち側の人間〟だから当然巻き込むべきだと言われた」

「澪ちゃんが……?　ってか、そんなこと相談したの?……次郎が?」

「は？」

「……いや、なんでもない……」

「で、どうする」

「聞くまでもないよ。……俺は、〝そっち側の人間〟でいたい」

「……なるほど。言われないとわからないっていうのは本当なんだな」

「え？」

「……いや、気にするな」

その日、次郎と交わした会話は、なんだか不思議だった。

電話を切った後も、しばらく考え込んでしまうくらいに。

ともかく、そういう経緯があり、高木は高橋達治への連絡を請け合うことを申し出て、

——現在に至る。

ただ、結果的に、達治は事件以降の仁明の動向をなにひとつ知らなかった。隠しているようでもなく、むしろ、心底疲れ果てたといった声色だった。

便宜的に達治の近況に触れたときに聞いたのは、ここ数年、白砂神社へ参拝や祈禱《きとう》に訪れる人間がもはや皆無であるということ。

事件後、白砂神社は仁明の生家として週刊誌にしつこく取り上げられていたため、興味本位や冷やかしの来訪者が増えたものの、達治がすべて追い返し、今やすっかり寂れてしまったのだという。

達治もまた、ここ一年でかなり体調を崩したらしい。もはや、声に以前のような覇気はなかった。

「――母親に興味がない、か。……私もそう長くはないだろうから、聞きたいことがあるなら今のうちだが、いいのか？」

長い沈黙の後、達治は高木にそう尋ねる。

「……別に、自分を置いて消えた母を恨んではいませんし、意地を張っているわけではありません。本当に、なにも思うことがないんです。……興味がないという表現が、一番しっくりくるもので」

それは、嘘ではなかった。

子供の頃は祖母に苦労をかけた母を恨みもしたが、今や、無の境地に達している。

「そうか。……しかし、ひとつだけ心に留めておいてくれ。お前の母親は、本当に強い力を継いで生まれた。……ただ、神は強い力を託す人間を選ばないのだと、弟のことがあって私は痛感した。あれが今どうなっているかわからんが……、今度はお前の母親のことで悪い知らせを聞く可能性がないとは言えない。……覚悟だけは、しておくといい」

「覚悟……ですか」

達治がどういう意図でそんなことを言ったのかわからず、高木は戸惑った。

ただ、考えるより先に心に生まれたのは、強い不快感。

おそらく、この人はどうしても高木が自分たちの同族であることを念押ししたいのだろうと、そう考えた途端、繕っていた冷静さが剝《は》がれはじめる。

「……そうですね。確かに母は人殺しの叔父《おじ》や誘拐犯の父親の血を継いでいるわけですから、それは否定できません。……まあ、それを言うなら僕も同じですけど」

「おい……」

「……では、失礼します。どうかご自愛ください」

一方的に電話を切った後、高木はぐったりと壁にもたれかかった。呼吸が乱れ、額には嫌な汗が滲《にじ》む。

やはり、達治のことはどうやっても受け付けないのだと、高木は改めて思った。

ゆっくり呼吸を整えていると、ふいに、携帯が着信を知らせる。ディスプレイには、次郎の名前が表示されていた。

高木は無理やり呼吸を整え、通話ボタンをタップする。

「次郎、ちょうどよかった。たった今——」

「飲むぞ」

「は？」

「仕事が終わったらうちに来い」

「ちょっ……」

「じゃあ夜」

まともに返事をする余裕も与えられないまま、電話は切られてしまった。

高木は、通話時間六秒と表示されたディスプレイを呆然《ぼうぜん》と眺める。

理解に苦しむ電話だったけれど、改めて考えてみると、次郎から飲みに誘われるのは、もはや前回がいつだったかを思い出せないくらい久しぶりだった。

なんとなく意味深にも思え、高木は携帯でスケジュールを開く。幸い、調整の難しい予定はとくになかった。

「ってか、急すぎ……」

文句を呟《つぶや》きながらも、不思議と迷惑だとは思わなかった。

むしろ、おかしな電話のお陰で、達治と話した不快感がすっかり払拭《ふっしょく》されたことに、感謝すらしていた。

世田谷《せたがや》の古い一軒家のインターフォンを押し、高木はふと懐かしさを覚えた。

中学生の頃は一哉に呼ばれてしょっちゅう来ていたものだが、一哉が失踪《しっそう》してからは、すっかり来る機会が減った。

最後に来たのは、おそらく大学生の頃。あれからずいぶん時間が経ったけれど、外観も庭も昔のまま変わらない。

ついつい過去に思いを馳《は》せていると、ふいに頭上から窓が開く音が響く。

見上げると、二階の窓から次郎が見下ろしていた。

「鍵《かぎ》は開いてるから、二階に上がってくれ」

「あ、うん。お邪魔します」

高木は言われた通りに玄関に入り、正面の階段を上る。

久しぶりだけれど、間取りははっきりと記憶していた。

二階に上がり、まるで昔に戻ったような気持ちで手前の戸を開けると、ソファを背もたれにして床に座る次郎と目が合う。その手には、すでに缶ビールが握られていた。

「先に飲んじゃってるし」

「……ほら」

次郎は冷蔵庫から缶ビールを出すと、高木に渡す。

「ありがとう……っていうか、人の家で飲むことなんて滅多にないし、よくわかんないから一応ワイン買ってきたけど」

「……あらたまるな、気持ち悪い」

「…………」

怪訝《けげん》な視線を向けられ、高木は肩をすくめた。

ただ、あらたまるなと言うだけあって、次郎はずいぶんリラックスしていた。常に纏《まと》っている緊張感が、今日はまったくない。

まるで、昔の次郎を、――それこそ、一哉と三人で何時間もここで語っていた頃の次郎を見ているようだと高木は思う。

「……懐かしいな」

無意識に口に出してしまって、慌てて口を噤《つぐ》んだ。

しかし、次郎は高木の呟きを受け、壁面の棚を指差す。

「兄貴が集めてたインチキ霊感グッズも懐かしいだろ」

「え、取ってあるの？」

「まんま残してある。当時は、全部お前が効果を検証してたな」

「はは！　あれはさすがに大迷惑だったよ。どれも全然効果がなかったし」

高木は吸い寄せられるように棚の前へ移動し、見覚えのある道具を眺める。

すると、いつも明るかった一哉の笑顔や、構われて迷惑そうにする次郎の様子が頭に蘇《よみがえ》り、なんだか胸が締め付けられた。

「……ってか、次郎……、大丈夫？」

「ん？」

唐突にそう尋ねたのは、棚に並ぶ霊感グッズに埃《ほこり》がついていないことに気付いた瞬間のこと。

今もまだ、一哉が集めたものを大切にしているのだと察して、少しだけ、不安になった。

いつもなら、こんなに直接的な質問はできない。ただ、そのときは中学生当時の思い出に浸っていたせいか、まるで昔に戻ったかのように、気兼ねなく問いかけてしまっていた。

次郎は首をかしげ、それから棚の上にある奇妙な置物を手に取る。

「そういえば、澪にも同じような心配をされた気がする。……似てるな、お前ら」

「澪ちゃんからも……？」

「これだけ兄貴のものを残していれば当然か。……ただ、そんなに深い意味があるわけじゃない。残しているというよりは、捨ててないだけだ」

「……それ、同じじゃないの？」

「全然違う」

次郎はそう言うが、高木にはよくわからなかった。

すると、次郎は置物を棚に戻しながら溜《た》め息をつく。

「兄貴は大事にしてたが、今も昔も、俺にとってはガラクタだ。……兄弟なんて、たいした共通点はない」

「……まあ、確かに全然似てなかったね、顔以外」

「親とも共通点を感じたことはないからな。俺は、血縁やら遺伝やら、そんな呪いみたいなものに囚《とら》われたくない。……自分を形成するのは、そんなものじゃないと思ってる」

「……まさか、酔ってる？」

次郎が酔わないことを、高木はよく知っている。どれだけ飲んだところで、顔色ひとつ変えたことがない。

なのに、そんなわかりきった質問をしたのは、思わず動揺してしまったからだ。

高木は、血縁が持つ共通点に否定的な次郎の言葉を聞きながら、唐突に飲もうなどと言い出した理由を察していた。

電話ではサラリと協力してほしいと言っていたけれど、なんだかんだで高木の心境を慮《おもんぱか》ってくれているのだろうと。

「……俺、次郎が思う程気に病んでないよ、自分の血筋のこと」

そう言うと、次郎は少し不満げに眉《まゆ》を顰《ひそ》めた。

「そんな話はしてない。……俺が言いたいのは、兄貴が兄貴じゃなくても同じように探してたっていう話だ。だから、兄貴を殺したのがお前の大叔父《おおおじ》だともっと早く知っていたとしても、お前の印象には影響がなかったと思う」

「いや……、そんな話じゃん……」

それは、普段の次郎らしからぬ、本当に酔っているのではないかと疑ってしまうような言葉だった。

どこか居たたまれない気持ちの一方で、心の奥の方に追いやっていた冷え固まった感情が、じわじわと緩んでいく。

「なんか、調子狂うな……。まあ、でも、今日達治さんに電話したとき、いつかお前の母親の悪い知らせを聞くかもしれないから覚悟しておけってわざわざ忠告されて、うんざりしてたところだったから、お陰でちょっと救われたよ」

「高木の母親なんて、それこそ他人も同然だろ」

「俺はそう思ってるけど、所詮《しょせん》血は争えないんだっていう警告のつもりだったんじゃない？　自分だけ平和に生きていけると思うなよ、みたいな。……あの人、事件以来、心労で体調を崩したらしいし、覇気はまったくなくなったけど、いまだにそういうこと言ってるんだよ。……全然変わらない」

「余計なお世話だな。……でも」

次郎が意味深に言葉を止め、部屋がしんと静まり返る。

ふいに、流れで愚痴ってしまったことへの後悔が込み上げ、いっそ酒のせいにしてしまおうと、高木は缶ビールを一気に呷《あお》った。――しかし。

「これ以上お前を痛めつけたくないからわざわざ忠告したっていう可能性も、なくはない気がする」

「……は？」

思いもしない言葉が返ってきて、酔うどころか頭が一気に冷静になった。

「……高橋達治が今もまだ血筋にこだわるってことは、奴にとってお前はまだ孫なんだろ」

「ま、まあ……、不本意ながらもそういうことになるね……」

「心労で体調を崩し、覇気まで失った男が、今さら血縁を主張したところでなにができるわけでもないだろ。……それでもわざわざそんなことを言った理由があるとするなら、単純に、孫を心配しただけじゃないのか」

「………」

途端に、達治の弱々しい声が脳裏に蘇った。

もちろん、次郎の予想を鵜呑《うの》みにしたわけではないが、あのときから心に燻《くすぶ》ったままだった苛立《いらだ》ちが、徐々に払拭《ふっしょく》されていく。

「なんだよ、それ……。ってかあんた誰だよ……。本当に次郎……？　まるで――」

まるで、澪ちゃんみたいなセリフだ、と。

言いかけて、高木は言葉を止める。

おそらく、次郎はここ数年で、澪の影響を多分に受けている。そして、本人にはその自覚がない。

「まるで……？」

「……いや、なんでもない」

指摘すると嫌がる気がして、高木は曖昧《あいまい》に誤魔化した。

ただ、次郎の人格が、少しだけ昔に、――まだ一哉がいた頃に戻ったような気がして、胸が締め付けられた。

「……澪ちゃんてすごいな」

「は？」

「ってか、酔いたいからワインも開けよう」

「なんだ、いきなり」

なんだか懐かしくもあり、嬉《うれ》しくもあり、そして、妙に清々《すがすが》しい気分だった。

首をかしげる次郎を他所《よそ》に、高木は持ってきたワインを取り出す。

「次郎、オープナー貸して」

「うちにあるわけないだろ」

「あるって。一哉くんがしょっちゅう高そうなワイン飲んでたでしょ。実家からくすねてきたって言いながら」

「……よく覚えてるな」

次郎は面倒そうに棚を漁《あさ》る。

そのとき、ふと、棚に放置された折り畳み式の将棋盤が目に留まった。

「あ、待って次郎、その将棋盤……」

「あ？……ああ」

それは、忘れもしない、初対面のときに次郎が学校の屋上で広げていたものだ。

次郎は将棋盤を手に取ると、さらに棚を物色し、駒のケースを取り出した。

「懐かしいな。……これしか学校に持って行ってなかったような記憶がある」

「圧倒的に浮いた存在だったからね、君は。……ねえ、久しぶりに勝負しない？」

「は？……お前、今日なんかおかしいぞ」

「完全にこっちのセリフだし。……やろうよ、十年くらいやってないから弱くなってるかもしれないけど」

「別に昔から弱かっただろ」

「失礼な。最終的に勝率三割は超えたはず」

「それは弱いって言わないのか」

文句を言いながらも、次郎は満更でもない様子で将棋盤の前に座った。

駒を打つ小気味良い音が響くたび、意識が少しずつ中学生の頃に戻っていく。

思い返せば、あの頃から比べると、互いにあまりにも多くの変化があった。けれど、こうしていると、変わらないものがあることを実感する。

きっとそれは、血縁よりもずっと確かなものなのだろうと、高木は思った。

＊

「――ってわけで、一応高橋達治さんに連絡してみたけど、なんにも知らなかったよ。ま、ある意味予想通りだけど」

後日、第六のオフィスを訪れた高木は、ひとまず達治との電話の内容を澪に報告した。

すると、澪は少し戸惑った表情を浮かべ、高木を見上げる。

「高木さんが連絡取ってくださったんですか……？　あの……、助かりますけど……大丈夫ですか……？」

「ん？」

「えっと……、あまり気が進まなかったんじゃないかと……」

目を泳がせながら言葉を選ぶ澪を見ていると、妙に気持ちが和んだ。

「心配ありがとう。でも、大丈夫。むしろ、俺は達治さんから心配された……らしいよ、次郎いわく」

「え？　それ、どういう……」

「ただの都合のいい解釈だけどね。……ま、過去に散々な目に遭わされたし、相変わらず嫌味ったらしいし、その上身勝手で上から目線で、到底好きにはなれないんだけど」

澪は、まるで真意を確かめるかのように、高木をじっと見つめていた。

明らかに隠しごとに向かないまっすぐな目から、心からの心配が伝わってくる。これはあの次郎ですらも影響されるはずだと、高木は苦笑いを浮かべた。

すると、澪はほっとしたように微笑む。

「そうでしたか……。ならいいんですけど、達治さんってちょっとへんくつな方ですよね。高木さんとは真逆っていうか、人種が全然違うっていうか……！」

「はは……！」

あまりにも下手すぎる気遣いに、高木は思わず声を出して笑った。

「ど、どうして笑うんですか……」

「ごめん。……いや、むしろ澪ちゃんと似てるのは次郎の方なんじゃないかなって」

「な、なんの話ですかそれ……。ってか、そんなこと言ったらめちゃくちゃ怒ると思いますよ……？」

「いいよ別に、怒らせとけば。事実だし」

「……高木さん、なんだかいつもと違いません……？」

「そうかな。もしかして、昨日のお酒がまだ残ってるのかも」

戸惑う澪が面白く、人が悪いと思いながらもついからかってしまった。わざとらしく額を押さえると、澪は慌てて立ち上がる。

「え……、そんなに飲んだんですか？……どうりで変だと思った！　すぐお水持ってきます！」

「え、いや……、ごめん冗談……」

「大人しく座っててくださいね！」

給湯室に向かう澪の後ろ姿を目で追いながら、高木は肩をすくめる。

本当に酒が残っているのではないかと自分でも疑うくらいに、なんだか気分がよかった。

そして、改めて、第六のオフィスの居心地のよさを実感する。

思い返せば、――この場所ができるまでには、本当にいろんなことがあった。

ここは、多くのものを失いながらも作りあげた、次郎にとって大切な場所だ。

だからこそ、次郎がもう二度と大切なものを失わず、――これから先もずっとこの空気の中にいられるようにと、そう願わずにはいられなかった。

仁明の名前が出た以上、この穏やかな時間は嵐の前の静けさであると、薄々予感していながらも。

本書は書き下ろしです。
この作品はフィクションです。実在の人物、団体等とは一切関係ありません。

丸《まる》の内《うち》で就職《しゆうしよく》したら、幽《ゆう》霊《れい》物《ぶつ》件《けん》担《たん》当《とう》でした。10

竹《たけ》村《むら》優《ゆ》希《き》

令和3年 8月25日　初版発行
令和6年 12月5日　4版発行

発行者●山下直久

発行●株式会社KADOKAWA
〒102-8177　東京都千代田区富士見2-13-3
電話　0570-002-301(ナビダイヤル)

角川文庫 22786

印刷所●株式会社KADOKAWA
製本所●株式会社KADOKAWA

表紙画●和田三造

●お問い合わせ
https://www.kadokawa.co.jp/（「お問い合わせ」へお進みください）
※内容によっては、お答えできない場合があります。
※サポートは日本国内のみとさせていただきます。
※Japanese text only

ISBN 978-4-04-111313-4　C0193

◆◇◇

角川文庫発刊に際して

角川源義

第二次世界大戦の敗北は、軍事力の敗北であった以上に、私たちの若い文化力の敗退であった。私たちの文化が戦争に対して如何に無力であり、単なるあだ花に過ぎなかったかを、私たちは身を以て体験し痛感した。西洋近代文化の摂取にとって、明治以後八十年の歳月は決して短かすぎたとは言えない。にもかかわらず、近代文化の伝統を確立し、自由な批判と柔軟な良識に富む文化層として自らを形成することに私たちは失敗して来た。そしてこれは、各層への文化の普及滲透を任務とする出版人の責任でもあった。

一九四五年以来、私たちは再び振出しに戻り、第一歩から踏み出すことを余儀なくされた。これは大きな不幸ではあるが、反面、これまでの混沌・未熟・歪曲の中にあった我が国の文化に秩序と確たる基礎を齎らすためには絶好の機会でもある。角川書店は、このような祖国の文化的危機にあたり、微力をも顧みず再建の礎石たるべき抱負と決意とをもって出発したが、ここに創立以来の念願を果すべく角川文庫を発刊する。これまで刊行されたあらゆる全集叢書文庫類の長所と短所とを検討し、古今東西の不朽の典籍を、良心的編集のもとに、廉価に、そして書架にふさわしい美本として、多くのひとびとに提供しようとする。しかし私たちは徒らに百科全書的な知識のジレッタントを作ることを目的とせず、あくまで祖国の文化に秩序と再建への道を示し、この文庫を角川書店の栄ある事業として、今後永久に継続発展せしめ、学芸と教養との殿堂として大成せんことを期したい。多くの読書子の愛情ある忠言と支持とによって、この希望と抱負とを完遂せしめられんことを願う。

一九四九年五月三日

ISBN 978-4-04-111526-8

准教授・高槻《たかつき》彰良《あきら》の推察

民俗学かく語りき

澤村御影

事件を解決するのは“民俗学”!?

嘘を聞き分ける耳を持ち、それゆえ孤独になってしまった大学生・深町尚哉。幼い頃に迷い込んだ不思議な祭りについて書いたレポートがきっかけで、怪事件を収集する民俗学の准教授・高槻に気に入られ、助手をする事に。幽霊物件や呪いの藁人形を嬉々として調査する高槻もまた、過去に奇怪な体験をしていた──。「真実を、知りたいとは思わない?」凸凹コンビが怪異や都市伝説の謎を『解釈』する軽快な民俗学ミステリ、開講!

角川文庫のキャラクター文芸

ISBN 978-4-04-107532-6

作ってあげたい小江戸ごはん
たぬき食堂、はじめました！

高橋由太

あなただけの〈元気になる定食〉作ります！

川越の外れにある昔ながらの定食屋「たぬき食堂」。ちょっと頼りない青年店主の大地《だいち》と、古風な喋り方の看板娘・たまきが切り盛りするこの店は、お客さん一人ひとりに合わせた特別料理“小江戸ごはん”を出すという。〈食べれば悩みが解決する〉、そんな評判を聞きつけて、地元のイケメン僧侶兄弟やバツイチパパなど、家族のモヤモヤを抱える人が今日も食堂にやって来て……。ふふっと笑えて心も体も軽くなる、ほっこり定食屋さん物語。

角川文庫のキャラクター文芸

ISBN 978-4-04-108827-2

妖魔と下僕の契約条件 1

椹野道流

絶望から始まる、君との新しい人生。

その日、足達《あだち》正路《まさみち》は世界で一番不幸だった。大学受験に失敗し二浪が確定。バイト先からは実質的にクビを宣告された。さらにひき逃げに遭い瀕死の重傷。しかし死を覚悟したとき、恐ろしいほど美形の男が現れて言った。「俺の下僕になれ」と。自分のために働き「餌」となれば生かしてやると。合意した正路は生還を果たすが、契約の相手で、人間として骨董店を営む「妖魔」の司野《しの》と暮らすことになり……。ドキドキ満載の傑作ファンタジー。

角川文庫のキャラクター文芸

ISBN 978-4-04-111055-3

ISBN 978-4-04-108752-7

二宮ナズナの花嵐な事件簿

京の都で秘密探偵始めました

望月麻衣

訳アリ女子、京都でモテ期&探偵になる!?

二宮《にのみや》ナズナは、京都での新生活に心躍らせていた。親の都合で、北海道から嵐山の高校に転入することになったのだ。素敵な町で、雅で平穏な青春を謳歌したい。そんな希望は転入初日から打ち砕かれる。所属は成績最下位のヤンキークラスで、自分以外は全員男子!?　さらにいけ好かない美形の一夜《いちや》に秘密を知られ、学園内で厄介事を起こす集団『昇《しょう》龍《りゅう》』の調査に協力することに……。最強学園ラブ×ミステリー！（『花嵐《チーレム》ガール』改題）

角川文庫のキャラクター文芸

ISBN 978-4-04-110976-2